대한민국 고삐리들은 매일 어떤 하루를 보낼까?
우리는 대구자연과학고등학교의 고삐리다.
고삐리들의 하루하루를 들여다본다.

대구자연과학고등학교 뒤뜰, 서경화 그림

고삐리의
어떤하루

초판 1쇄 인쇄_ 2015년 5월 7일 | 초판 1쇄 발행_ 2015년 5월 15일
지은이_자글자글 | 엮은이_김묘연 | 펴낸이_진성욱 · 오광수 | 펴낸곳_꿈과희망
디자인 · 편집_김창숙, 윤영화 | 마케팅_최대현, 김진용
주소_서울시 마포구 토정로 222 B동 1층 108호
전화_02)2681-2832 | 팩스_02)943-0935 | 출판등록_제1-3077호
http://www.dreamnhope.com| e-mail_ jinsungok@empal.com
ISBN_978-89-94648-78-1 43810

고삐리의
어떤 하루

자글자글 지음
김묘연 엮음

꿈과희망

우리의 일상 속을 산책하듯,
인생길을 거닐다 보면
미처 보지 못했던 꽃도 만나게 된다.

그리고, 나의 일상속에 묻혀 지내던
진정한 '나'를 만난다.
일상이 보여주는 '나',
내가 만들어 가는 그 일상들이 '나'를 말한다.

당신의 오늘은 어떤가요?

저의 오늘은 지난 몇 주간 검토하던 원고 편집을 마치고 흐뭇한 마음입니다. 마지막으로 프롤로그를 써내려가면서 지난 책쓰기 과정을 떠올리니 만감이 교차합니다.

저는 올해로 7년째 책쓰기 동아리를 맡아서 지도하고 있습니다. 해마다 새로 만난 학생들과 '꿈 소설쓰기, 알깨기 에세이 쓰기, 르포쓰기, 성장포토에세이 쓰기' 등 다양한 책쓰기 프로젝트를 모색하면서 모든 책쓰기의 근본은 모두 '알깨기'임을 깨달았습니다. 책쓰기를 하면서 '알'이라고 할 수 있는 양파 껍질같이 자신을 수 겹으로 덮고 있는 자신과 세상에 대한 왜곡과 편견의 틀을 학생들과 더불어 깰 수 있었습니다. 책쓰기로 인한 새로운 인식과 변화는 마치 새로운 세상을 만나는 듯 늘 설레고 새로운 꿈을 꾸게 합니다. 학생들이 조금씩 변화되는 모습을 보는 것도 제가 책쓰기에 중독되는 이유인 것 같습니다.

하지만 올해 유독 말수가 적은 책쓰기 동아리 학생들을 만났고, 이 친구들은 만나는 횟수를 거듭해가도 동아리 친구들끼리 인사 한 번 나누기를 쑥스러워하는 모습에서 크게 변하지 않았습니다. "책쓰기는 알깨기다!"를 외치며 시작한 동아리 수업은 학생들의 닫힌 마음을 쉽게 열지 못했습니다. 그러나 항상 진지하게 동아리 수업에 임했고 '나만의 책'을 쓰고 싶다는 간절한 마음을 간직하고 있다는 점이 우리를 묶어두고 있었습니다. 자신을 드러내는 것을 극도로 꺼려하면서도 자신의 이야기를 하고 싶어 하는 학생들, 참 어려웠습니다. 어떻게 자신의 이야기를, 우리의 이야기를 펼쳐나가야 할지…….

고민 끝에 우리는 '마음 일기'를 썼습니다. 누구나 일기를 써 본 경험이 있어서 알듯이, '나'를 돌아보기에 가장 익숙한 방법이 '일기' 쓰기입니다. 마음 일기는 일반 일기와는 달리 자신의 마음이 일어난 원인을 잘 살피고 돌이켜 보는 것에 중점을 둔 일기입니다. 그리고 그때 그 순간의 마음을 토닥이고 자신에게 박수를 보내는 겁니다. 화가 난 마음에, 슬픈 마음에, 짜증난 마음에, 울적한 마음에 가만히 손을 얹어 마음을 달래고 나면 그 마음은 눈 녹듯 순식간에 사라집니다. 그리고 우리는 조금씩 마음을 열게 되었고 자신감도 생겼습니다.

그렇게 자신감이 붙은 이야기는 더 많은 이야기들을 끌어냈습니다. '친구, 벌점, 지각, 화장, 학교, 급식, 성적, 연애, 우정, 취미, 가족, 미래, 꿈' 등으로 이야기가 펼쳐져 나갈수록 우리의 소소한 일상들이 주는 기쁨을 발견하기 시작했습니다. 고등학생들이 가지고 있는 그들만의 고민과 발랄한 이야기들을 책에 꼭 담고 싶었습니다.

하지만 학생들은 서툴고 완성되지 않은 좌충우돌하는 자신의 흑역사를 들킨 듯이 부끄러워하기만 했습니다. 그래서 고등학생들이 가진 '미완이라는 것, 서툴다는 것'에 대해 우리는 이야기를 나눠봤습니다. 서툴러서 부끄럽다는 것, 현재의 욕구를 누르고 빨리 어른이 되고 싶다고 하는 마음은 현재 자신이 밟고 있는 보석을 못 보고 지나치고 있는 것과 같습니다. 지금, 여러분들 발 밑에 몇 억, 아니 몇 천 원이라도 떨어져 있다면 안 주울 사람이 있을까요? 현재의 가치를 깨닫는 것은 돈에 비유할 수 없을 만큼 크지만 우리는 그 가치를 모른 채 1년 뒤, 10년 뒤로 지금 누려야 할 행복을 미루게 됩니다.

우리의 '지금의 행복'을 놓치지 않기 위해, 우리는 이 책에 어리고 서툰 이야기들을 당당하게 담았습니다. 서툰 것들은 시간이 흐르면 추억이 되고 그 서툼이 그리워지겠지요. 그렇게 시간이 지날수록 더 빛이 날 이야기들, 일기장 속에 감춰둘 법한 학생들의 소소한 일상들이 삽화와 함께 세상에 나왔습니다. 이 책의 부제를 '어리다고 놀리지 말아요!'라고 적고, 모든 고삐리들에게, 고삐리였던 그 순간들에 박수를 보내고 싶습니다.

요즘 인기 드라마 '미생'을 보면서 생각했습니다. 책쓰기는 완성을 꿈꾸는 미생이 아니라, 매 순간이 이미 '완생'임을 깨닫는 것입니다. 우리가 무엇인가를 목표할 때 결과에만 집중하게 되는데, 사실 그 결과도 긴 인생에서 보면 또 하나의 과정에 불과한데 결과만 쫓아가다 보면 순간을 놓치게 되는 것이지요. 나의 소중한 일상의 기쁨들, 행복을 찾아냄으로써 학생들은 조금은 새롭게 오늘 하루를 보내게 될 것입니다. 작은 행복부터 행복할 줄 알고, 주변을 행복으로 물들일 수 있는 사람이 되리라 믿습니다.

"당신의 오늘은 행복한가요?"

일상 속에 널려 있는 행복 조각들을 찾아, 행복으로 충만한 당신의 그림을 그려가길 바라며 아이들의 소중한 이 글을 엮어 냅니다. 책을 엮어 내기까지의 어려움을 함께 고민해 주고 해결해 주신 이선호 선생님과 학생들의 삽화 그리기에 관심을 가지고 함께 참여해 주신 서경화 사서 선생님께 감사드립니다. 무엇보다도 독서교육의 든든한 후원자인 하중호 교장선생님이 계셔서 대구자연과학고등학교는 더욱 발전하리라 믿습니다. 마지막으로 책쓰기 교육을 하면서 인연을 맺은 '도서출판 꿈과희망' 관계자분들께 깊은 감사의 마음을 전합니다.

2014년 12월 10일
도서실에서, 묘쌤 씀

대자고의 봄, 서경화 그림

가전지의 가을 억쇄, 서경화 그림

● 차례

이슈경의 어떤 하루

뮤직 플레이어

내 핸드폰에는 노래 파일이 가득하다. 대략 150~250곡 정도 있는 것 같다. 그 중에 노래를 랜덤 재생으로 듣다 보면 가끔 노래 중에 그냥 듣지 않고 바로 넘겨 버리는 노래가 있다. 하지만 이상하게도 지울 생각은 안 든다. 그냥 '아 언젠가 는 듣게 되겠지.' 하고 그냥 놔둬 버린다. 결국엔 그 노래가 재생될 때마다 계속 넘겨버리지만 또 언젠간 듣고 싶어질 거라고 생각하며 계속 놔둔다. 어느 날 문득 그 노래를 재생해 듣기도 해본다. '노래는 괜찮은데. 왜 넘겨버리지?' 라고 생 각해보다가 때가 아니거나 지금 노래 취향과 다를 거라고 생각하며 또 그냥 놔 두어 버린다.

좋아하는 노래가 생기면 질릴 때까지 듣는 편이라서 계속 듣다가 일주일, 길 면 이주, 삼주 뒤쯤엔 이미 질려져 새로운 노래를 찾는다. 그래도 역시 좋은 노 래라 노래를 듣다가 그 노래가 나오면 그냥 놔둔 채 그대로 듣는다.

그런데 듣지도 않고 바로 넘겨버리는 이 노래는 왜 가지고 있는 것인지. 어느 날 바로 넘겨버리는 노래들 중 하나를 지웠다. 좀 아깝게 생각되었다. 마치 옛날 에 산 장난감을 가지고 놀다가 좋아하지도 싫어하지도 않게 되어 장난감 상자에 그냥 계속 처박혀있는 장난감 같은 것이라고 생각이 들었다.

노래를 지워도 언젠가는 그 노래를 다른 곳에서 다시 들었을 때 나는 그 노래 가 그리워져 다시 찾아서 듣게 될 거라고. 노래 파일이 너무 많아 핸드폰에 용량 도 아슬아슬하게 남아 있지만 이제는 노래 파일을 지우지 않기로 했다. '언젠간 들을 때도 있겠지.' 하고 또 그냥 새로운 노래를 추천받으면 또 그 음반을 사 뮤 직 플레이어에 쑤셔 넣는다. 다른 사람에게도 그런 노래가 있을 것이다. 내가 그 냥 넘겨버리는 노래가 어느 사람에게는 자기가 좋아하는 노래일 수도 있을 것이 다. 아는 언니가 한 달에 한 번씩 나에게 노래가 가득 담긴 압축파일을 주면 나

는 또 거기서 좋은 노래를 찾아서 듣고 핸드폰에 집어넣을 것이다. 아예 노래 파일이 없는 것보다는 노래 파일이 가득한 것이 훨씬 더 좋을 것이다. 친구에게 "이 노래 좋아. 한 번 들어봐." 하고 친구에게 노래를 들려주면 엄청 좋아하며 노래 제목을 묻거나 "음... 좋네!" 이러는 게 태반이다. 그러다가 친구도 "야, 이 노래도 좋아." 하면 나는 또 그걸 듣고 노래 제목이 뭐야? 하면서 묻는다. 서로 이렇게 같이 듣는 노래가 생기면서 노래는 어떻게 보면 다른 의미의 의사소통이 아닐까? 하고 생각한다.

책의 여운

    나는 책을 읽고 나면 그 책의 여운? 그 주인공, 주위 사람, 분위기 같은 것들이 나에게 밀려들어오는 느낌이 들곤 한다. 물론 모든 책이 그런 건 아니다. 굳이 고르자면 신경숙 작가님의 책이라던가. '죽은 왕녀를 위한 파반느' 같은 책은 읽고 나면 무언가 공허하고 아련함이 파도가 잔잔히 일렁이듯이 나에게로 밀려들어온다. 책을 읽고 난 뒤 한동안은 그런 감정에 둘러싸여 생활한다. 그리고 나는 또다시 찾아 읽고 그 여운을 되풀이한다. 책은 여운이 남는 것이 좋다고 생각한다. 여운이 남으면 그 책을 오래 기억하게 되기 때문이다.

초등학생 6학년쯤에 읽은 '줄무늬 파자마를 입은 소년'도 엔딩 부분 소절이 생생하다. 아마 영화로도 봐서 마지막에 손을 꼭 잡는 부분이 인상에 깊고 애틋해 그런 걸 수도 있지만 말이다. 어떻게 보면 책의 여운이 남는 것은 책이 슬픈 내용이라는 것도 있다. 사실 맞는 말이다 나는 거의 슬픈 책이 머리에 많이 남았다. 아직 내가 여러 가지의 책을 많이 보지 못해 그런 거라고도 생각하지만 간혹 작은 글귀를 봐도 그것이 여운이 남을 때도 많다.

책이라는 건 정말 좋은 선물이라고 생각한다. 선물하는 상대방의 책 취향을 알아가는 것도 좋고 그 취향을 알아 그 책을 우선 읽고 그 사람에게 맞다 싶으면 선물하고 얼마나 좋은 것인가. 책도 읽고 상대방에게 책도 선물하고 말이다.

나는 책을 느리게 읽고 어려운 단어가 나오거나 재미없어 보이는 부분은 난독증이 생겨 잘 읽지 못하거나 서너 번 계속 같은 부분을 읽는 흠이 있지만 읽으려고 노력은 한다. 책은 사람의 선입견을 슬슬 풀어내는 그런 것도 있는 거 같다. 엉터리 책을 읽고 그것으로 인해 더욱 앞뒤가 꽉 막힌 생각으로 되어 있다면 그것도 문제겠지만 좋지 않은 책보다는 좋은 책이 훨씬 더 많다고 나는 생각한다. 이제는 내가 또 책쓰기까지 하고 있으니 책과 나는 뗄 수 없는 관계가 되었다.

칠판

칠판은 어느 교실에나 무조건 있는 존재이다. 칠판은 선생님들의 수업 용지가 되기도 하며, 빨강, 파랑, 노랑, 하양 색색깔의 분필로 반 애들의 낙서장이 되기도 한다.

칠판을 쓰고 나면 지울 때도 고역이지만 칠판지우개를 털 때도 고역인 것. 하지만 칠판은 없으면 정말 허전하고 교실이 아닌 것처럼 보이는 게 칠판이 아닐까? 칠판은 이미 내 머릿속에서 교실에 있는 당연한 존재가 되었다. 칠판 대신에는 화이트보드도 있지만 칠판이랑 초등학교, 중학교를 졸업하고 아직도 내 앞에 있는 것을 보면 교실에 칠판은 없어서는 안 되는 존재이다. 칠판이 갑자기 사라진다면 나는 어리둥절해지고 당황할 거 같다.

칠판에 글씨를 잘 적는 선생님을 보면 수업이 끝나고 나서 나도 분필을 들고 칠판에 글자 몇 개를 적어보지만 생각보다 잘 적히지도 않고 쓸 때 느낌이 이상해 금방 지워버리고는 한다.

어릴 때 TV에서 만화를 보면 손톱으로 칠판을 세게 긁으면 소름 돋는 소리가 나왔고 호기심에 가득 싸인 나는 칠판을 손톱으로 긁자 소리는 나지 않고 좋지 않은 느낌만 내 손가락 끝에 길게 남았다. 나는 아직도 칠판에 손톱으로 긁는 상상을 하면 소름이 돋곤 한다.

칠판 중에 물칠판도 있다는 것을 친구를 통해 처음 알았다. 칠판에 분필로 쓰고 난 후 물로 지우고 나서 다시 분필로 쓰면 잘 안 써진다고. 나는 칠판지우개만 봐와서 물칠판이라는 게 신기하고 한번 보고 싶어졌다. 별거 아닌 것인데도 이렇게 호기심을 자극하다니 칠판은 꽤나 내 일상의 시답잖은 궁금증이 되었다.

칠판에는 친구를 바보처럼 그려놓고 친구 이름을 적고 도망치기도 하며, 시간표나 중요한 종이들을 붙이기도 하고, 필요한 것이나 시험범위를 칠판에 적어주

기도 한다. 이제 칠판은 이미 모두에게 교실의 일상이나 마찬가지일 거다. 칠판
으로 공부를 하고 보고 쓰고 지우고 말이다.

오늘도 어느샌가 내 옷 어딘가에 하얀 분필가루가 묻어 있으면 나는 그것을
털며 소소한 하루를 보낼 것이다.

샤프심 넣기

샤프에 샤프심이 다 떨어지면 나는 뒤 뚜껑을 열어 샤프심을 넣지 않고 앞으로 샤프심이 나오는 작은 구멍에다 샤프심을 끼워 밀어 넣는다. 그러다가 샤프심이 들어가는 중간에 틱. 하고 막히는 부분이 있다. 거기에 힘주어 그냥 밀어 넣었다가 틱. 하고 부러져 아까운 샤프심을 부러뜨려 버리는 게 일상다반사다.

샤프심을 끼우다가 샤프가 고장 나거나 막히는 경우에는 샤프를 바로 버리고 새로운 샤프를 꺼내어 쓴다. 이렇게 버린 샤프가 수도 없이 많다. 샤프를 다시 살 때 이건 언제쯤 고장 나려나 하고 잠시 고민하다가 사곤 한다. 어느 날 샤프가 또 막히거나 고장 나면 샤프가 고장 나야 또 새로운 샤프를 사니까 일부러 언젠가는 고장 나게 만든 거는 아냐? 하고는 또다시 새로운 샤프를 찾는다. 뭔가 낭비라고 생각이 들지만 사실 문구를 살 때 나는 좀 신이 난다.

친구에게 이것저것 물어가며 샤프나 지우개, 노트 같은 것들을 산다. 어차피 언젠간 고장 날 샤프인데 그냥 싼 걸로 살까 하고 700원짜리 흔한 샤프를 샀다가 이틀 만에 고장 나 피눈물을 흘린 적이 있다. 오세 샤프는 모양도 무늬도 다양해서 이것저것 있지만 샤프는 가격, 모양, 무늬에 상관없이 고장 난다.

내 친구 중에 한 명은 초등학교 5학년 때 산 샤프를 중3 때까지 썼다는 말을 듣고 놀랐다. 그렇게 좋은 샤프인가? 싶어 그 샤프를 잠시 빌려 써봤는데 너무 얇고 짧아 바로 친구에게 돌려주었다. 샤프는 우선 자기 손에 맞는 것을 사야 하지 않을까? 나는 글 같은 것을 쓰다 보면 손에 힘을 주어 쓰다 보니 손이 아파지는 경우가 많다. 이래서 샤프가 고장 나는 것일 수도 있다. 얼마 전에도 2500원짜리 샤프가 고장 난 듯 안 난 듯 버벅거려 필통의 다른 주머니에 쑤셔 넣고 다른 샤프를 꺼내 썼다. 언젠가 이 샤프도 고장 나겠지만 그래도 최대한 길게 썼으면 좋겠다.

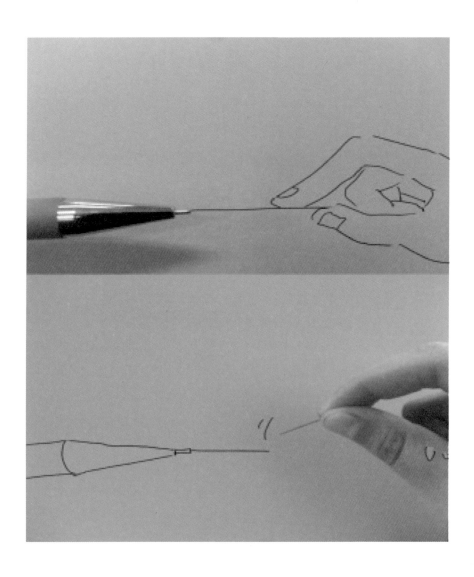

그림

나는 그림을 그린다. 어릴 때 큰 오빠가 그림을 그리는 것을 보고 오빠를 따라 그리는 것이 시작이었다. 오빠가 그림을 슥슥 그릴 때 나는 그것이 너무나도 신기하고 멋졌다. 나는 당장 종이 하나를 가져와 오빠 옆에 앉아 오빠 그림을 따라 그리곤 했다.

유치원에 가서 공주님을 그리던 도중에 친구가 내 그림을 가리키며 "얘 왜 코가 없어?" 하고 물어봐 급하게 코를 그리기 시작했던 것이 어릴 때의 그림과 관련된 기억으로 끝이다. 중학교 때 친구들을 사귀면 열에 일곱은 그림을 그리는 아이들이었다. 중2가 되면 친구를 통해 또 다른 친구를 알게 되고 그 친구들 노트를 돌려가며 그림을 중3 때까지 그렸다.

그림 그리는 친구들 중에는 주위 사람들이 그림에 대해 편견을 가지고 있어 피해보거나 안 좋은 시선을 받는 사람들이 많았다고 하는데 내 주위에는 그런 사람들이 없어서 편안하고 즐겁게 그림을 그렸었다. 그림은 다들 한 번쯤은 그려봤지 않을까 싶다. 수업시간이나 할 일이 없을 때나 그냥 막상 그림이 그려지고 싶을 때나 미술시간은 당연한 거고 비 오거나 추운 날에 버스나 차에 서리 낀 창문에다가 손가락으로 그림을 그리거나 그런 사소한 것이라도 말이다.

그림은 그리는 사람 따라 비슷할 수도 개성이 뛰어날 수도 있다. 그건 다 각자의 취향에 따라 그림체가 바뀐다고 한다. 간혹 그림을 그리다가 그림이 갑작스럽게 안 그려져 연필을 놓았다 쥐었다 하면서 뭐가 문제인지 보고 그림을 계속 그렸는데 지금은 그림이 안 그려지면 한동안은 다른 일을 했다.

책을 읽거나 영화를 보거나 노래 가사를 하나하나 분석해 보거나 그랬더니 그림을 한동안 안 그리게 되었고 나는 어느새 그림을 다시 그려보니 들쭉날쭉하게 내 그림이 아닌 내 그림이 되었다. 그러면 나는 또 그걸로 인해 다시 연필을 놓아버리고 다른 일을 하기 마련이었다. 그러다 어느새 그림 그리는 게 그리워지거나 친구가 그림 그리는 것을 보면 나는 다시 연필을 쥐고 친구와 같이 그림을 그리고는 했다.

나는 중학교 친구들이랑 제일 친한데 중학교 친구들이랑 서로 뿔뿔이 흩어져 주말만 되면 같이 모여 놀았다. 중학교 때 틈만 나면 그림만 그리던 친구들이 고등학생이 되면서 슬슬 바빠져 놀 시간이 없다 보니 그림을 잘 안 그리는 친구도 있었다. 거기에 나도 포함되어 있었지만 그래도 아쉬움은 감출 수가 없었다. 최근에 친구 중에 한 명이 그림 그리는데 다시 맛 들여져서 그림을 그리고 나한테 보여주는데 볼 때마다 즐겁고 나도 그림을 그리고 싶어지게 만든다.

친구들과 놀 때가 제일 즐겁고 친구에게 "나 이거 그려줘~"하면 친구가 "싫은데~"라면서도 나중에 그려준다. 친구의 그림을 보고 나는 또 감탄하며 친구에게 배울 점이나 그리는 방법을 물어보기도 하며 하루 한 시간 정도는 그렇게 지낸다.

그림을 그리고 보여주고 하는 것이 어느새 일상이 되어버린 걸까? 그림이 좋은 이유는 역시 내가 표현하고자 하는 것을 열심히 노력할수록 그것을 표현하기가 더 쉬워져 나름대로의 하나의 소소한 기쁨이 되기 때문이다.

김재연의 어떤 하루

오늘도 탄 100-1버스

오늘도 어김없이 학원을 마치고 나는 집에 가는 유일한 버스인 100-1버스를 탔다. 다른 버스를 타고 다니는 사람들도 그런지는 모르겠지만 나도 모르게 이 버스에 정을 느낀다. 다들 그런 건지 나는 100-1의 기사님들 얼굴까지도 기억을 하고 오랫동안 이 버스를 타면서 여러 가지에 모두 정을 느끼면서 이런 게 사람 정인가 싶다.

내 또래 친구들은 버스 타면 사람들이 부대끼고 많은 게 싫다고 엄마가 자가용으로 데리러 오는 애들도 있다. 그런데 난 버스를 타면 다른 사람들이 하루를 마칠 때의 표정들을 살펴보는 것이 좋고 많은 사람들을 볼 수 있는 게 좋다. 혼자 있는 사람들을 보면서 저 사람은 표정이 안 좋네, 오늘 회사에서 무슨 일이 있었나? 학교에서 친구랑 싸웠나? 여러 가지 생각을 하며 다른 사람들을 관찰하며 상상하기도 하고, 평소에는 안 하던 생각들 그리고 내 깊숙이 있는 내 감정까지도 다시 곱씹을 수 있는 그 시간들이 좋다.

그냥 버스를 타면 이 세상에 나만 힘든 게 아니구나, 나만 있는 게 아니구나, 많은 사람들이 다양하게 사는구나! 참 신기하다, 이런저런 생각들 하는 게 좋다.

그리고 또 내가 버스 타는 걸 좋아하는 이유가 있다. 하루 일과를 마치고 집에 가는 길에 내가 좋아하는 노래를 들으면서 창밖을 보는 그 순간이 좋다. 움직이는 버스 안에서 내가 좋아하는 노래를 들으며 바깥을 보면 별거 아닌 평범한 풍경도 그냥 평범한 동네도 왠지 모르게 드라마틱해 보이고 하나하나가 작품이 된다. 그런 걸 느끼는 그 순간은 참 기분이 좋아진다.

하루는 기분이 참 좋지 않은 상황에서 버스를 타게 됐다. 그리고 좌석에 앉아서 노래를 틀었는데 딱 나를 위로해 주는 듯한 노래가 나왔는데 참았던 감정이 올라와서 나도 모르게 눈물이 흘렀었다. 다행히 그땐 사람도 별로 없고 그래서 그때 그 감정에 빠져서 어느 정도 눈물을 좀 흘렸다.

그러고 나니 좀 진정도 되고 어느 정도 기분도 나아지고 힐링이 좀 된 듯 했었다. 그래서 난 그때 그 감정을 잊을 수 가없는 거 같다. 참 묘했는데.

이제 나한테 버스는 힐링의 장소가 된 거 같다.

두 번째 이야기
한결같은 강변

우리 집 바로 앞을 나가면 남천이라는 작은 강변이 있다. 가끔 마음이 답답하거나 외로울 때 그리고 운동하고 싶을 때 강변을 가면 항상 좋다.

딱 우리 집 바로 앞에 있는 강변은, 봄엔 봄대로 강변 대로에 벚꽃이 경주 못지않게 피어 있고, 운동하는 길 옆엔 작은 풀꽃들이 있고 여름엔 여름대로 강물이 시원하게 흐르고, 가을엔 코스모스들이 여기저기 피어 있고 겨울엔 춥지만 가로등이 따뜻하게 불 켜고 있고 항상 한결같다.

집에 있으면 빈 시간에 운동도 할 겸 해서 자주 강변을 가는데 갈 때마다 누군가 위로해 주는 기분에 "괜찮아, 힘내자." 하며 집으로 돌아간다.

이런저런 생각하면서 강변을 걷다 보면 어느새 삼십분이 지나고 어느새 한 시간이 지나 있곤 한다. 그리고 강변을 그렇게 걷다 보면 갑자기 눈물이 나올 때도 있다. 그럴 땐 사람 적은 쪽의 벤치에 앉아서 마음껏 소리 내서 울어도 아무도 뭐라고 안 하고 누가 말 건네는 사람 하나 위로해 주는 사람 하나 없지만 위로받는 듯한 기분이 든다.

그래서 강변 가서 혼자 운 적도 여러 번 된다. 평소에 밖에서 나는 그냥 상처받고 실망하고 기분이 안 좋고 그래도 다른 사람들한테 안 들키려고 그냥 넘어가고 묻어두고 앞에선 괜찮은 척 웃고 하는 게 내 성격이라 그렇게 혼자 있는 시간엔 문득문득 쌓였던 기분들이 나와서 나도 모르게 눈물이 나오는데 강변에 있을 때 젤 마음이 편해서 그런 건가 여태껏 몇 번이나 그랬다.

좀 부끄럽지만 강변에서 걷고 하는 그런 시간은 나 혼자만의 시간이니깐 그래도 부끄럽지도 않고 속이 뻥 뚫리는 그런 기분이 든다. 강변은 갈 때마다 항상 한결같이 날 위로해 주고 감싸준다. 그것이 운동하는 걸 좋아하지 않는 내가 요즘 들어 강변을 자주 가는 이유 중 하나이다.

할머니 반찬

할머니와 함께 우리 집에서 약 삼 년간 같이 부대끼며 살았었다. 집에서 우리 가족들의 밥을 챙겨줄 사람이 없어서 성서에서 혼자 사시는 할머니께 아빠가 부탁을 해서 모시고 온 거였다.

처음엔 할머니랑 조금 어색했지만 매일 보고 부대끼며 살다 보니 어느새 가장 가까워졌다. 할머니 손길이 조금은 불편하고 그랬는데 이젠 할머니 손이 안 닿으면 잘 못하는 것들이 늘어나고 어느새 할머니를 항상 찾고 있었다.

아빠랑 할머니가 약속했던 삼 년이란 시간이 지나고 할머니는 이제 집으로 돌아가시고, 할머니가 집으로 돌아가신 후 며칠 뒤 집에 혼자 있는 시간이 있었다.

혼자 빈 집에서 텔레비전을 보고 있는데 내가 앉아 있는 자리가 할머니가 매일 앉아서 텔레비전 보시던 자리였다. 항상 집에 돌아오면 그 자리에서 혼자 드라마를 보고 계셨었는데 혼자서 이 큰집에서 얼마나 외로우셨을까 이런저런 생각들이 들면서 너무 죄송해졌다.

생각해 보니 난 할머니랑 살면서 잘해드린 게 별로 없다. 할머니가 좋아하시는 '월드콘' 사다 드린 거, 할머니 생신 때 편지 써드린 거, 어버이날에 카네이션 드린 거 그것 뿐이었다. 할머니는 온 힘을 다해서 우리 챙겨주시고 하나라도 더 해주시려고 하고 그랬는데 난 할머니한테 해준 게 하나도 없다.

할머니가 같이 시장에 장 보러 가자고 할 때 그저 귀찮아하고 터덜터덜 마지못해 따라가고 방학 때 할머니랑 같이 강변 산책하고 할머니랑 같이 할 때 그 시간들이 참 행복했었는데 그땐 몰랐었다. 너무 그립다. 할머니의 밥상도.

그땐 몰랐었던 할머니의 소중함을 이젠 알겠다. 막상 할머니가 가시니 참 보고 싶다. 오늘도 할머니의 걱정 섞인 전화를 받는다.

"밥은 잘 챙겨 먹었고? 아침저녁으로 쌀쌀한데 옷은 따시게 입고 다니제?"

하는데 나도 모르게 눈물이 왈칵 쏟아졌다.

할머닌 지금도 우리 걱정을 하고 계시는구나! 하고 이런저런 미안한 마음, 보고 싶은 마음 다 섞여서 흘러내렸다. 할머니가 우리 집에 계실 때 난 너무 투정만 부리고 너무 아기처럼 굴어서 죄송했다. 이번 주말엔 할머니 집에 가서 할머니를 꼭 안아드려야겠다.
할머니, 사랑해요. 그리고 감사해요 항상.

사랑하는 이들

난 감정 표현에 서투르다. 좋으면 좋다, 사랑하면 사랑한다고 표현할 줄 알고 표현해야 하는데 난 그게 참 쑥스럽고 좀 그렇다. 그래서 좋아하는 사람한텐 더 틱틱 대고 더 무뚝뚝하게 대한다.

그로 인해 오해도 많았다. 사람마다 성격이 다르고 받아들이는 것도 달라서, 난 좋다고 틱틱 대고 표현을 못하는 건데 상대방은 다르게 느끼는 경우도 있으니깐.

그렇다고 내가 막 안 웃고 얼음공주처럼 그러는 건 아니지만 조금 서툴다는 거, 그뿐이다. 감정 표현을 어떻게 하는 건지도 사실 잘 모르고. 그래서 조금 노력해 보려 한다. 한순간에 사람이 변할 순 없지만 표현을 조금씩 하다 보면 늘지 않을까? 그래서 내 주변에 있는 가족들 친구들에게 좋아하고 고맙고 아끼는 만큼 표현을 내 나름대로 꽤 하고 있다.

내 주변엔 참 좋은 사람들이 많은 것 같다. 나도 자기 이득만 생각하며 이기적이게 자기 몫만 챙기는 그런 사람들보단 남을 배려하고 생각하고 더 주려고 하고 더 해주고 싶어 하는 그런 예쁜 마음을 닮고 싶다. 그래서 내가 그들을 더 사랑하는 건지도 모른다. 참 배울 게 많고 사랑스러운 사람들이니깐.

내가 사랑하는 사람들 중에서도 가장 소중한 내 가족들. 우리 가족들 중 사랑하는 우리 부모님, 부모님에겐 항상 고맙고 또 고맙고 죄송하다. 부모님은 내가 하고 싶다 갖고 싶다 하면 다 해주시고 다 사주신다. 정작 본인들은 갖고 싶은 오토바이 한 대, 가방 하나, 매일 컴퓨터로만 보고 꿈만 꾸면서 나에겐 내가 갖고 싶단 건 척척 사주신다. 그런데도 난 항상 부모님 입장보단 내 입장이 더 중요했고, 부모님의 입장과 내 입장이 다르면 싸우려고 들고 대들었다.

그럴 때도 항상 부모님은 결국 져주시고 내 의견 내 입장을 들어주신다. 그렇게 나한텐 항상 져주고 잘해 주려는 부모님인데 난 막상 생각해 보면 해드린 게 없다.

물질적으로든 심적으로든 부모님 생신 때 필요한 거 없느냐고 물어보면 두 분 다 항상 말한다. 다른 선물 다 필요 없고 네가 항상 건강하고 공부 열심히 하는 게 선물이라고. 부모님 본인들에겐 내가 공부 잘하고 열심히 하고 나중에 성공하는 게 뭐 상관도 없는 그런 일인데도 항상 내가 잘 되길 바라고 내가 아프지 않길 바라는 그런 마음들이 너무 감사하고 감사하다.

세상을 살아가면서 어느 누가 부모님처럼 나에게 그 무엇도 바라지 않고 사랑을 주시고 무엇을 해줄까. 너무 소중하고 정말 사랑한다. 우리 부모님을.

행복을 미루지 않기

어른이 되면, 아니 지금부터도 나는 인생을 하루하루 소중하게 여기고 행복하게 살아가고 싶다.

어른들은 대개 보면 바쁘게 지내면서 여름 휴가 갈 생각이나 나중에 돈 모아서 집 살 생각처럼 행복을 미루는 것 같아 보인다. 나중에 돈 많이 모아서 십 년 이십 년 뒤에는 행복하게 살아야지 이런 식으로 지금 당장 행복하기보단 나중에 미래에 행복을 더 생각한다. 나도 미래를 생각 안 한다는 건 아니다. 당연히 오늘만 사는 건 아니니 미래도 생각해야 한다.

그렇지만 미래를 위해 오늘의 행복을 접어두고 오늘을 축 처지고 힘들게 살아가는 것 그건 싫다. 힘든 일을 안 하겠다 난 탱자 탱자 놀기만 하겠다는 게 아니고 매사에 행복하게 일상 속에서 소소한 행복을 찾고 그 소소한 행복마저도 소중하게 여기며 살아가고 싶다.

열심히 수업을 듣고 12시 30분이 되어서 먹는 급식도 행복하게 먹고, 맨날 듣는 지루한 수업도 행복하게 듣고, 항상 행복하게 매사에 사람은 언제 죽을지 정말 모르니깐 시간 시간을 행복하게 살아가는 게 내 꿈이라면 꿈이다.

무작정 지금 당장 내가 행복한 일을 하는 것도 중요하다. 그래도 지금 살아가면서 꿈을 가지며 살아가면 행복한 미래까지 생각하면 참 행복한 사람이 될 거 같다. 난 내 나이의 또래들과 같은 꿈, 미래에 대한 생각들을 자주 하고 많이 한다.

그런데 꿈에 대한 나의 생각은 항상 두 가지로 나뉜다. 안정적이고 평범한 그저 그런 직장을 가진 사람과 자기 꿈을 따라가며 하고 싶은 일을 하며 사는 그런 사람. 미래와 꿈에 대해서 생각할 때면 이 둘이 너무 헷갈린다. 하지만 난 아직 젊고 이 길로 갔다가 아니면 다시 되돌아가도 되니깐 내 꿈을 따를까 싶다.

청춘, 청춘에 후회하는 사람들, 얘기를 들어보면 꿈에 도전해 보지도 못한 채 포기해 나중에서야 후회하는 사람들을 참 많이 본다. 그러니 나도 도전해 볼까 한다. 그게 지금 내가 행복한 길이고 실패하더라도 시도는 해봤으니 후회하지 않으며 다른 길을 찾으면 그땐 그런 꿈이 있었었지 하고 행복할 것 같다.

사람이 살아가는 근본적인 이유를 잘 알지는 못하지만 내가 생각하기엔 행복하기 위해 살아야 하는 것 같다. 그래서 노력해야지. 지금 이 순간도 행복하자, 오늘의 행복을 내일로 미루지 않기!

박민지의 어떤 하루

엄마

가끔 이유 없이 엄마한테 짜증이 난다. 엄마를 보거나 엄마가 말을 걸면 짜증이 난다. 내가 잘못해도 엄마의 잘못인 듯 엄마한테 화풀이를 한다. 그냥 '만만한 게 엄마니까, 엄마는 다 이해해 주겠지' 그런 생각으로 내 감정을 엄마한테 푼다. 엄마는 내 감정 풀이 대상이 아닌데, 엄마라는 이유 하나로 그 순간 욱해서 온갖 짜증을 낸다.

밖에서 친구를 만나고 들어왔는데 엄마가 누구를 만나고 왔냐고 물어본 적이 있었다. 나는 짜증을 내면서 말하면 아느냐고 신경질을 냈다. 또 엄마가 말을 걸어도 대답하지 않고 무시한 적도 많다. 그냥 대답만 하면 되는 건데 이유 없이 신경질을 내고 엄마를 무시했다. 지금 생각해 보면 엄마한테 미안하고 죄송하다.

나는 가끔씩 '엄마가 내 곁을 떠날 것 같다' 라는 생각을 한다. 엄마가 하루를 연락이 되지 않고 늦은 적이 있었다. 그런데 너무 불안하고 엄마가 사라져 버릴 것 같은 기분이 들었었다. 그래서 그 후에 나는 엄마가 늦게까지 연락이 되지 않으면 불안하고 보고 싶어졌다.

엄마는 10개월이라는 긴 시간 동안 나를 뱃속에 품어주셨다. 그시간 동안 자신보다는 뱃속에 있는 나를 위해 살았고, 노력하셨다. 그리고 내가 태어나서 성장하여 고등학생이 된 지금까지도 자신이 아닌 나를 더욱 아껴주신다. 아마 엄마의 정성은 죽을 때까지 계속될 것이다. 언제나 나를 위해 자신의 것을 내어주시고 자신이 갖고 싶은 것, 먹고 싶은 것보다 나한테 모든 것을 양보하고 맞춰주는 엄마에게 고맙고 감사하기보다는 당연하다는 듯이 그 호의와 배려를 받고 있다. 그래서 미안하고 또 미안하다.

TV나 인터넷을 보면 엄마가 계시지 않거나 또 엄마가 일찍 돌아가셔서 엄마가 보고 싶어도 보지 못하는 사람들이 많다. 엄마한테 투정 부리고 싶고, 고민

상담도 하고 싶지만 엄마가 계시지 않기 때문에 그럴 수 없다. 그런데 나는 항상 내 투정을 받아주고 고민 상담도 해줄 수 있는 엄마가 바로 옆에 계심에도 불구하고 소중함을 모르고 있다. 그래서 항상 죄송하다.

한 번은 인터넷에서 '엄마'에 대한 글을 읽었다. 그 글의 내용은 엄마의 젊은 시절에 대한 내용이었다.

엄마도 한 사람의 자식이다. 엄마 또한 나같이 보살핌이 필요한 어렸을 적이 있었고, 먹고 싶은 것과 입고 싶은 것이 가득했던 꽃 같은 학생 시절이 있었다.

그 글을 읽고 마음이 너무 아팠다.

내가 태어난 이상 엄마는 자신의 이름이 아닌 한 아이의 엄마, 한 사람의 부인으로 살아가야 한다. 가족을 위해 묵묵히 집안일을 하시고 자신을 희생하는 엄마. 내가 다 큰 성인이 되더라도 엄마에게는 물가에 내놓은 아이고 보이지 않으면 불안한 딸일 것이다.

세상 모든 엄마는 자식을 위해서라면 무서울 것이 없고 자식이 행복하면 자신도 더할 나위 없이 행복해 한다. 그것이 바로 엄마이다. 이토록 엄마의 큰 사랑에 보답할 줄 아는 그래서 이제는 우리가 엄마를 웃게 하는 딸이 되어야겠다고 다짐한다. 엄마 고맙고 사랑해요.

유경이가 그림

미래

벌써 17살, 고등학교 일 학년이다. 그리고 삼년 뒤에는 성인이다. '이팔청춘이다.' 하며 중학생인 시절이 엊그제인데 벌써 고등학생이라니.

요즘에는 시간이 엄청 더 빠른 것을 느낀다. '벌써 월요일이구나' 하는 생각이 접히기도 전에 '벌써 금요일이구나' 하는 생각이 든다. 전에는 '아직 초등학생이니까', '아직 중학생인데 뭐' 이런 생각으로 뭐든 대충 하고 열심히 하지 않았다. 그리고 '크면 뭐든 되겠지', '어떻게든 되겠지' 라는 마음으로 세상을 너무 쉽게 봤던 것 같다. 그런데 고등학생이 되고 보니 뭐든 열심히 해야겠다는 마음을 가지게 되고 미래에 대한 생각과 걱정이 부쩍 많이 든다.

중학생 때는 공부에 대한 압박과 스트레스가 없었고 공부에 대한 걱정 따위가 없었다. 주위 언니들이 '지금 열심히 해봤자 다 소용없다. 고등학교 올라가서 열심히 하면 된다' 하는 말을 듣고 마냥 놀고 또 놀았다. 친구들이 공부하고 점수를 잘 받아도 부럽지 않고 또 불안하지도 않았다. 그런데 이제는 자꾸 친구들 성적에 눈이 가고 누가 시키지 않아도 공부를 하게 된다. 괜한 열등감과 경쟁심이 생기기도 한다.

나도 어렸을 때는 꿈이 있었다. 누구나 어렸을 적에는 엄청나게 거대한 꿈을 꾼다. 내 꿈은 심리 상담사가 되는 것이었다. 남에게 도움이 되는 것이 좋았고 나로 인해 문제가 해결되면 그렇게 기쁠 수가 없었다. 하지만 내가 이루기에는 너무 큰 꿈이고 힘들다는 것을 알게 되었다. 그 이후에도 많은 꿈을 꾸었지만 모두 '힘들 거야' 하고 포기했다. 그렇게 나의 꿈이 사라졌다.

사람들은 미래에 대한 생각을 끊임없이 한다. 자신이 이루고 싶은 것을 이루기 위해서, 돈을 벌기 위해서, 적성에 맞아서, 자신의 행복을 위해서 등 각각 이유는 다양하지만 모두 같은 희망을 가지고 꿈을 꾼다. 하지만 나는 미래에 대한 희망을 가지지 않는다. 희망보다는 걱정과 절망을 먼저 갖는다. 현실을 생각하고 내 모습을 생각하면 나는 희망이 생각나지 않는다. 희망을 가지고 열심히 해도 내가 열심히 한 것만큼 결과가 나오지 않으면 실망하고 지쳐서 포기할 것이 분명하다.

나는 하고자 하는 의지도 가지지 않고 무조건 '안 될 거야. 귀찮아' 하면서 부정적인 생각을 먼저 한다. 또 한편으로는 생각하기 나름이라고 이룰 수 있다 생각하면 할 수 있을 것이라는 생각도 한다. 솔직히 나도 지금 내 마음을 모르겠다.

이제 나는 곧 성인이 될 텐데, 내 꿈은 무엇이고 내가 하고 싶은 건 무엇인지, 나는 나중에 어떻게 살아야 하는지 정말 막막하고 걱정이 된다. 친구들이 자신의 꿈을 정하고 스스로 진로를 결정하고 그 미래를 위해 열심히 살아가는 것을 보면 부럽다. 나는 과연 저렇게 열정적으로 내 꿈을 위해 살아갈 수 있을까?

혼자 하기

나는 혼자 있는 것이 싫었다. 내가 어렸을 때 학교를 다녀오면 늘 우리 집에는 아무도 없었다. 처음에는 어린 나이에 혼자 있으니까 외롭고 무서웠다. 그래도 점점 적응이 되고 익숙해지니까 집에 혼자 있는 것이 너무 편해졌다.

하지만 밖에서는 여전히 혼자 다니고 혼자 뭔가를 하는 것이 싫었다. 뭔가를 살 때나, 운동을 할 때, 잠깐 집 앞에 나갈 때에도 친구에게 의존했다. 학교에서도 등하교는 물론이고 혼자서는 화장실을 가지 않았다. 혼자서 뭔가를 하면 불쌍하게 느껴졌다. 하지만 지금은 그렇게 생각하지 않는다. 이제는 혼자 있는 것이 편하고 내 인생에 친구가 전부가 아니라고 느껴졌다.

언젠가 결국 모든 것을 혼자 해결해야 할 때가 온다. 누군가에게 의존하고 기대다가 그 사람이 떠나간다면 그대로 무너지게 될 것이다. 그래서 혼자 사는 법을 배워야 하고 또 혼자 있는 것에 익숙해져야 한다. 내 인생은 내가 사는 것이지 남이 살아주는 것이 아니다. 언제까지 부모님이 시키는 대로 살 수는 없다. 또 언제까지 친구들에게 의존할 수도 없다. 그렇기 때문에 홀로서는 방법을 배워야 한다.

고등학생이 되고 혼자서 하는 일에 익숙해진 것이 많다. 혼자 대중교통을 이용하고, 혼자 마트를 가거나, 혼자 운동을 한다. 또 학교에서는 혼자 화장실에 가고, 혼자 이동수업을 가거나, 등하교도 혼자 할 때가 있다. 양치라던가 급식을 먹고 혼자 올라오는 것 등 사소한 것들이지만 혼자 하는 것에 익숙해진 것들이 많아졌다. 그래서 내 스스로가 성장한 것 같고 뭔가 뿌듯하다.

최근에는 혼자 하고 싶은 것들이 더 많아졌다.

혼자 하는 것이 편하고 익숙한 사람들을 보면 부럽다. 나도 지금부터 적응하면 점점 혼자 할 수 있는 것들이 늘어날 것이고 익숙해질 것이라고 믿는다.

나는 요즘 혼자 있는 것이 너무 좋다. 스스로 뭔가를 해결하고 해내고 또 남에게 의존하지 않는 것이 얼마나 큰일인지 알게 된 것 같다. 지금은 혼자 완전히 해결하지는 못하지만 점차 성장하는 나를 기다린다.

- 혼자 하기 도전 리스트 -

월드컵 경기장에 혼자 산책가기
피시방 혼자 가기
노래방 혼자 가기
혼자 중앙도서관 가서 책 빌리기
혼자 김치볶음밥 만들어 먹기
혼자 슬픈 영화 보기
시내 가서 혼자 쇼핑하기
유명한 맛 집에 혼자 돈가스 먹으러 가기
대전 여행 혼자 다녀오기
제주도 여행 혼자 가기

유경이가 그림

네 번째 이야기

말

　나는 말을 신중하게 하지 않는다. 내 생각대로 내뱉고 남을 전혀 배려하지 않고 말을 하는 편이다. 나는 장난으로 한 말인데 남은 상처를 받는다. 그런 나 때문에 친구랑 싸운 적도 많고 상처받은 적도 많다. 가족에게도 역시 말을 함부로 한다. 그래서 미안하다. 그리고 나 역시 말을 함부로 하고 나서는 마음속으로 '저 사람이 상처받았으면 어떻게 하지? 조금만 더 예쁘게 말할 걸' 하고 미안해한다. 항상 '말을 하기 전에 한 번 더 생각해야지' 하면서 생각만 하고 실천하지 않는다. 그래서 후회한다.

　사람이 살아가면서 말을 어떻게 하느냐는 정말 중요하다. 말에 관한 속담이 많은 만큼 옛날부터 말 한마디가 중요하다는 뜻이라고 생각한다. 말하는 것은 일상생활에서도 사회생활에서도 정말 중요하다고 생각한다.

　말 한마디로 사람의 목숨이 왔다 갔다 하고 말 한마디로 사람의 기분을 들었다 놨다 할 수 있다. 내 말 한마디로 그 사람이 상처받아서 나를 영원히 안 볼 수도 있고, 내 말 한마디로 인해 그 사람. 나에게 의지하고 나를 좋게 생각할 수 있다.

　나도 남이 나에게 생각 없이 한 말로 인해 상처받은 적이 많았다. 중학생 때 내 외모를 가지고 놀렸던 남자애들 때문에 많이 울었고 아직도 마음에 남아 있다. 그것은 평생 잊지 못할 상처로 남을 것이다. 그만큼 말은 위험하다. 말을 잘못 쓰면 쉽게 휘두를 수 있는 무기로 변해 한 사람의 마음에 상처를 내지만 그 상처를 회복시키기는 너무 어려운 것이다.

　말을 함부로 하면 그 말을 한 사람도 그 말을 듣는 사람도 서로 기분이 좋지 않기 때문에 말을 하기 전에 생각하고 또 생각해서 남을 상처 주는 말은 하지 않아야겠다.

사람들이 모이면 자연스럽게 나오는 것이 바로 험담이다. 험담을 하면 어떻게 해서든 그 사람 귀에 들어가게 되어 있고, 아무리 조심한다고 해도 다 듣게 되어 있다. 험담은 남에게 상처를 줄 뿐만 아니라 내 귀와 혀도 더럽힌다. 그리고 그 사람에 대한 마음도 더럽힌다. 그러므로 남의 험담을 하기 전에 나 자신을 되돌아보고 험담을 할 자격이 되는지 생각해봐야겠다. 또 다른 사람이 나를 배려하기를 원하기 전에 내가 먼저 상대방을 배려하는 마음을 가지게 되었다.

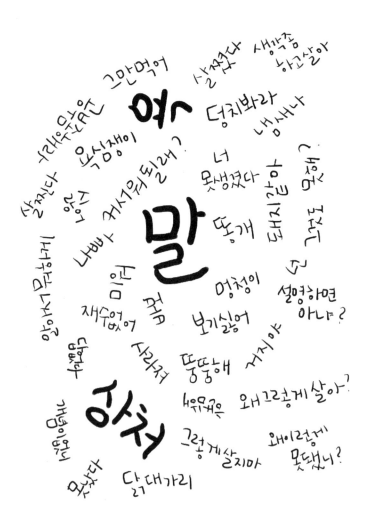

다섯 번째 이야기
잠

  나는 잠을 잘 때가 제일 좋다. 하루 중 제일 기분 좋은 시간이 바로 잠을 자는 시간이다. 남을 신경 쓸 필요도 없고 내 모습을 신경 쓸 필요도 없다. 온갖 경쟁이 난무하고 힘든 현실에서 벗어날 수 있는 유일한 방법이 바로 잠을 자는 것이라고 생각한다.

  잠을 잘 때만큼은 모든 것을 내려놓고 편하게 있을 수 있다는 것이 너무 좋다. 친구를 만나서 놀거나 내가 좋아하는 것을 할 때 보다 잠을 잘 때가 더 좋을 때도 있고 평생 잠만 자고 싶을 때도 있다. 잠으로 인해 스트레스가 풀릴 때도 있다.

  난 편한 것이 제일 좋다. 귀찮은 것도 싫고 신경 써야 할 것이 많은 것도 싫다. 모르는 사람을 만나는 것도 싫고 낯설고 새로운 곳에 가는 것도 싫다. 잠을 자면 아무도 만나지 않고 신경 쓰지 않을 수 있는 혼자만의 공간이 생긴 것 같다.

  침대에 누워서 잠을 자려고 하면 바로 잠들 때가 있고 바로 잠들지 않을 때가 있다. 의식이 있는데 잠을 자는 것 같은 느낌이 들면 신기하다. 하지만 그때 깨버리면 조금 짜증이 난다. 그리고 눈을 감았다 뜨면 바로 아침일 때도 있다. 그만큼 푹 잔 것 같아 좋다. 나는 꿈을 잘 꾸지 않는다. 꿈을 꾸면 잠을 깊게 자지 못했다는 것이라고 들었다. 사실인지는 모르겠다.

  꿈을 꾸는 것이 좋다. 뭔가 흥미롭다. 꿈을 꾸면서 한 번도 생각해 보지 못한 일이 일어난 적도 있고, 갖고 싶은 것을 가진 적도 있고, 실제로 만나보고 싶었던 사람을 만나 본 적도 있다.

  또 한 번은 기분 나쁜 꿈을 꾼 적이 있다. 캄캄한 저녁에 집에 가는 길이었는데 복도에서 납치를 당하는 꿈이었다. 그 이후로 그쪽 복도는 잘 가지 않게 되었다. 하지만 꿈은 현실과 반대라고 하니까 별로 생각하지 않기로 했다. 꿈을 꾸면서 '아, 이건 꿈이다' 라고 느껴 보고 싶다. 정말 신기할 것 같다. 현실이 아닌 다른 곳에서 생각하는 것이니까. 그리고 꿈에서 소리를 들어보고 싶다. 한 번도 들어 본 적이 없는 것 같다. 꿈을 꾸는 것은 현실과 또 다른 세계를 경험하는 것인 거 같다.

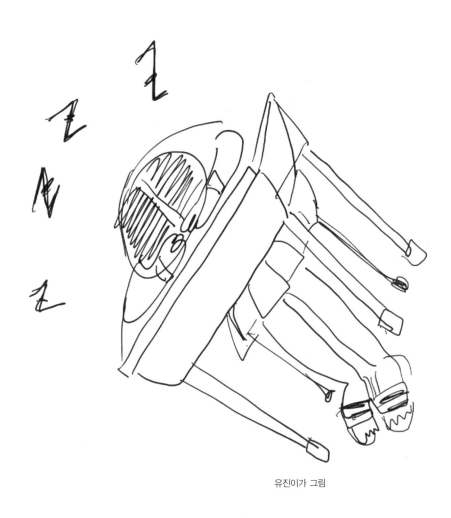

유진이가 그림

엄슈진의 어떤 하루

냄새의 추억

늘 고양이를 키우고 싶다는 생각을 했다. 그러다가 고양이를 키운 적이 있다. 초등학교 6학년 때인데, 지금은 고양이에 관한 지식이 제법 다양하게 있지만 그때는 마냥 좋아하는 마음뿐이지 고양이를 잘 키울 만한 지식은 거의 없었다. 항상 '고양이, 고양이' 타령을 하다시피 하니 친구가 이거라도 보며 대리만족이나 하라며 고양이 사진을 찾아 보여 주기도 했었다.

그런 친구가 '그날' 나를 불렀다. 평소의 나는 쉬는 날 걸려오는 연락들은 거의 무시하고, 휴일에 만나서 놀자고 얘기하는 친구들의 제안도 시큰둥하게 넘기는 사람인데, 그 친구의 들뜬 듯한 목소리에 나는 호기심이 생겨 겉옷만 대충 걸치고 아파트의 놀이터로 내려갔다. 처음에 친구의 얼굴만 보았을 때는 뭐가 그렇게 신이 나서 날 부르지, 하는 생각을 했다. 그런데 가까이 다가가 친구의 다리 위를 보니 정말 작은 새끼 고양이가 한 마리가 있었다. 어느 정도로 작았는가 하면, 쥐라고 생각될 정도로 작았었다. 그리고 끝내주게 예쁜 외모를 가진 녀석이었다. 특히 꼬리가 길쭉하니 잘 빠진 녀석이었다.

그 녀석을 보자마자 얘는 갑자기 어디서 났냐고 물어보니, 자신의 집에서 하는 화원에서 길고양이가 새끼를 낳았는데 고양이 타령을 하던 내가 생각나 데려왔다는 것이다. 친구와 조금 얘기를 하고는 바로 새끼 고양이를 집으로 데리고 올라갔다. 엘리베이터가 겨우 다섯 층을 올라가는 동안 손 안에 있는 뜨거운 생명이 바르작거리며 담요를 헤치는 것을 보며 불안하면서도 저릿저릿한 희열감을 느꼈다. 그 불안감은 집안에서 설거지를 하시는 어머니의 반대에 의해 다시 친구에게 돌려주어야 할지 모른다는 것이었고, 저릿한 희열감은 늘 바라보기만 했던 것을 정말로 가지게 되었다는 충족감에서 오는 것이었다. 그런 복잡한 심경을 지니고 집 안에 들어섰다.

현관문을 열고 짧은 복도를 지나, 거실과 연결된 부엌으로 들어갔다. 그리고 고양이를 뒤로 슬쩍 감추고는 어머니에게 일부러 덤덤하다 못해 약간 신경질을 부리는 목소리로 운을 뗐다.

"엄마, 내가 뭔 말해도 화 안 낼 거가."
"뭔데."
"아 일단 약속해 봐라."
"알았다. 뭔데."

짧은 협상을 하고 나서 감춰두었던 고양이를 어머니의 눈앞에 보였다. 금세 어머니는 아이고, 하는 소리와 함께 잔소리를 하셨다. 어디서 데리고 왔느냐, 친구 도로 줘라, 하시는 말씀에 일단 한 번 보라고 큰소리를 치며 고양이를 감싸던 담요를 전부 걷었다. 와, 정말 그 작은 고양이는 또다시 감탄이 나올 정도로 예뻤다. 회색의 고요한 털과 부드러운 태비 무늬를 가진데다가 꼬리는 새끼인데도 길고 고상해 보였다.

어머니는 고양이를 보고 등을 조금 쓸어보시더니 잔소리를 더 하셨지만 그 예쁜 외모에다가 징징대는 딸의 부탁에 한숨 눌러 쉬시고는 한번 키워보라고 하셨다. 그 말에 나는 신이 나서 벙벙 뛰어대고 이상한 소리를 내니 손이나 씻으라고 한 마디 하셨다. 그 후로 고양이는 '냥이, 나비, 양이' 온갖 이름으로 불리며 다양한 매력을 발산하면서 자라게 되었다. 아주 어릴 때에는 새끼 고양이용 분유를 먹여 키웠다. 그리고 조금 큰 후 씹어 먹는 먹이를 먹여야 할 때에 제대로 된 고양이 먹이를 살 수가 없어서 할인 행사 중이던 고등어 통조림을 잔뜩 사 와, 식사 때마다 한 조각씩 주곤 했다. 고양이니까 생선을 먹어야 한다고 생각해서 그랬던 것 같다.

처음으로 그릇에 고등어를 주고 먹으라 하였을 때 고양이의 표정은, 좀 어리둥절한 모습이었다. 그래도 금세 알아서 잘 먹고는 입맛을 쩝쩝 다셔댔다. 한 일주일 정도는 그런 식으로 식사를 챙겨주었다.

그리고 밥을 먹고 가만히 소파에 앉아 있는 녀석을 주-욱 끌어와서 아프지 않을 정도로 꼭 껴안으면 비릿하고 짭짤한 고등어 냄새가 물씬 났다. 냄새가 난다고 놀려대고는 킁킁거리며 고양이의 턱 아래의 부드러운 곳에 코를 비비면 고양이는 제 앞발로 나를 꾹꾹 밀어내고는 했다. 사실 고양이가 힘을 빼고 살살 밀어내어서 그 짠 내를 맡을 수 있게 허락해 주는 느낌이 들어 종종 고양이를 꼭 껴안았다. 또, 식사를 하고 나서 앞발을 싹싹 핥아대는 버릇이 있어 앞발을 붙잡고 말랑말랑한 발바닥에 코를 대고 숨을 들이마시면 더 약하지만 더 고소한 짠 내가 났다.

그러다 고등어 통조림의 할인 기간이 지나 더 이상 통조림을 싸게 살 수가 없어 결국은 고양이용 사료를 사 오게 되었다. 사료를 먹으니 자연스레 비릿하고 짠 냄새는 사라졌다. 엄마는 이제 비린내가 나지 않는다 하시면서 좋아하셨는데, 나는 그게 좋은지 잘 모르겠는 그런 마음이었다. 아쉬운 마음이었다. 나에게 그 냄새는 아주 좋은 냄새였는데…… 그냥 뭔가 아쉬웠다.

그 후 몇 달을 더 키우다가 사정이 생겨 고양이는 아는 분에게 보내게 되었다. 지금 그때를 생각하며 고양이의 글을 쓰고 있으니 그 냄새가 나는 것 같다. 짭짤하고 꼬릿한 고양이의 체취가. 가끔 고양이를 떠올려 보려고 하면 솔직히 얼굴은 잘 기억이 나지 않는다. 하지만 그 체취만은 정말 선명하게 떠오른다. 고양이가 했던 행동들이 모두 정겨운 냄새와 함께 낯익은 느낌으로 나에게 그려진다. 그 냄새를 떠올리고 있으면, 언젠가 나중에 고양이를 또 키우게 되었을 때 그 아이는 어떤 냄새로 나에게 추억을 만들어 줄지 궁금하다.

그런 날이 있다

집에 가면 혼자 있는 시간이 많다. 어머니와 아버지는 일을 하러 나가시고, 오빠는 아르바이트를 하러 가거나 친구를 만나러 간다고 없는 경우가 자주 있다. 그런 날이면 우리 집은 공기가 다르다. 평소에는 뭔가 안심이 되는 공기라면 아무도 없을 때는 허전하고 뭔가 텅 빈 것만 같은, 어색한 공기가 느껴진다. 어떻게 그런 사소한 걸로 괜한 트집이냐고 할 수도 있지만 알 사람은 알지도 모르겠다.

그냥 현관문을 열고 들어가서 신발을 벗기 전, 자신의 집 복도를 슬쩍 보면 남의 집에 온 것이 아닌가 싶은 그 낯설음을 말이다. 아무리 집에 혼자 있는 시간이 많아도 그럴 때면 나는 약간의 두려움을 느낀다. 혼자 어두운 길을 걷는 것처럼 사소한 공포를. 왠지 속이 울렁울렁 거리기도 한다. 그 어색함이 느껴지는 날, 나는 신발을 빠르게 벗어 던지고는 내 방으로 얼른 뛰어 들어간다. 그리고 가방을 벗어던지고 옷도 갈아입지 않은 채로 침대에 뛰어 들어간다. 침대에 엎드리거나 누워서 차갑게 식었지만 부드러운 나의 이불을 끌어안고 가만히 숨을 쉬고, 다시 내뱉고. 그걸 계속 반복해서 하다 보면 어느새 이불 안으로 온기가 돌고 스르륵 잠이 온다. 잠이 올락말락 하려는 그 순간이 나는 너무 좋다. 그 어질하고 나른한 순간, 어색하고 낯설게 느껴지던 외로운 집이 스멀스멀 나의 곁으로 몰려와 평소의 그 편안함을 다시 유지한다.

그 느낌을 느끼고 나면 정신을 완전히 놓아버리고 잠에 빠져버린다. 그렇게 잠이 들면 오래 자지는 못하고 10분이나 20분 정도만 자고는 깨어난다. 그 정도를 자고 깨어나서 정신을 가다듬어 다시 주위를 둘러보면 아주 익숙한 것들이 두 눈에 들어온다. 옷을 벗지 않고 자서 등이 배기고 안경은 지저분해져서 앞이 뿌옇지만 그래도 좋다. 이렇게 짧은 잠은 집안의 낯선 공기를 익숙함의 공기로 바꾸는 필터 같다고나 할까? 그렇게 나는 나른해진 안정감을 느낀다.

그 느낌을 되찾은 나는 일어나서 옷을 갈아입고 안경을 닦아 다시 쓰고 부엌으로 향한다. 그리고 능숙하고 노련하게 밥을 차려 먹는다. 그런 날이면 뭔가 느긋하게 정성껏 요리해서 천천히 식사하고 싶은 기분이다. 양파나 감자도 좀 썰어보고 계란도 두어 개 깨서 휘적거려서 얇게 구워보기도 하고, 그냥 이것저것 복잡하게 요리하고 싶어진다. 별 복잡한 짓을 다 하고 나면 제법 맛있는 음식이 만들어진다. 그럼 그걸 들고 거실로 가서 식탁 위에 올려놓고, 거기에다가 TV를 틀고 대충 앉아서 먹으면 기분이 정말 좋다.

식사를 하면서 TV를 보는 버릇은 고쳐야 한다고 생각하지만 항상 고쳐지지가 않는다. 조용히 있으면 그 큰 집에 도는 적막감이 내 몸에 덕지덕지 달라붙는 것 같아서 이상하게 짜증이 난다. 그렇다고 뭔가를 키우는 것도 아니라서 혼자 주절주절 떠들려 해도 재미가 없다. 그래서 나는 오늘도 TV를 튼다. 거기에서는 조용히 앉아 있는 사람이 거의 없다. 활기가 느껴지고 시끄러워서 좋다. 그걸 보기 위해서 트는 것은 아니고 소리를 들으려고 튼다는 것이 맞겠다. 집안을 시끌시끌하게 채우는 소리가 적막감을 다 쫓아내버린다.

라디오를 틀자니 밤 시간대라서 잔잔한 음악 밖에 없고 인터넷 방송은 재밌긴 하지만 계속 틀고 있으면 휴대폰에 무리도 가고 지겨워져서 금방 꺼버린다. 그리고는 다시 TV를 틀어서 소리를 들으면서 소파에서
잠이 든다.

나 홀로 집에 있는 그 시간이 즐겁게 느껴지지만 한 번씩 나에게 들렀다 가는 외로움과 쓸쓸함은 어쩔 수 없나 보다. 그런 날에는 나의 집은 나를 모르는 사람 취급한다. 그러다 어느 순간 나를 다시 알아보고는 아는 척을 한다. 내가 아주 잘 알던 사람이 갑자기 평소와 다른 모습을 보여주는 것과 같은 느낌이다.

또 그런 날이 온다면 그때는 산책을 나갈까?

게으름의 중요성

일주일 동안 내가 주로 있었던 장소를 간단히 나눈다면, 월, 화, 수, 목, 금은 학교이고, 주말은 집이다. 주말 동안 집에서 딱히 뭘 하는 것은 아니고 그냥 어슬렁거린다. 일단 학교를 다녀온 금요일에 늦게까지 자지 않고 휴대폰이나 TV를 보면서 꾸물대다가 2시쯤 잠에 든다. 그러면 토요일 아침 10시 정도에 슬슬 일어나기 시작한다. 온 몸이 다 깨어나는 것은 절대 아니다. 정신도 좀 흐리멍덩하고 눈은 아직 뜨지 않은 상태다. 그냥 그런 상태로 한 두 시간 정도는 더 게으름을 부린다.

자는 것도 아니고 깬 것도 아닌 상태에서 나는 꿈을 꾼다. 상상으로 꿈을 꾼다고 생각을 한다. 특별하다면 특별한 약간의 과정을 가지고서 말이다. 그 과정을 설명하자면, 침대에 누워서 이불을 머리 쪽으로 끌어올려 뭉친다. 그런 다음 베개를 배 위에 올려서 배만 덮고 손은 머리를 감싼 이불을 만진다. 그리고 아무거나 상상. 그러면 끝이다. 이 간단한 과정으로 나는 2시간을 아주 확실히 낭비할 수 있다, 이건 내가 주말을 보내는 일상 중 중요한 일부분이다.

상상하는 것이라 해봐야 영 시원찮은 것들만 한다. '침대 만든 사람은 진짜 상 줘야 한다.' 그러면서 괜히 더 들썩거려 본다. 아니면 어제 꾼 꿈을 이어가려고 끊임없이 꿈을 생각해 낸다거나. 그런 상태에서 손은 이불을 계속해서 만지고 있다. 이불의 가장 부드러운 부분을 찾으려고 계속해서 손끝의 감각을 세워 더듬거린다. 그러다가 하던 행동들이 지루하다고 느낄 때, 이불을 풀어헤쳐 눈을 제대로 뜨고 핸드폰의 시간을 확인할 때쯤이면 12시다. 1시에 가까운 12시.

그쯤 되면 배가 고프다. 어머니는 일하러 10시에 나가셨고 아버지는 계실 때도 있고 안 계실 때도 있다. 그러면 나는 거실로 나가서 또 소파에 눕는다. 똑바로 앉았더라도 슬슬 내려와서 눕게 된다. 그 상태로 30분 동안 휴대폰을 만진다.

친구와 문자를 하거나 하는 사교성은 발휘하지 않는다. 그냥 인터넷 기사를 본다. 쭉쭉 사회, 경제, 연예 기사를 다 보고 나면 배가 고픈 느낌이 사라진다. 이제 밥 생각은 없는데 입이 깔깔해서 물을 마시고 싶다고 생각한다. 역시 생각만 한다. 그런 식으로 반복을 하다 보면 월요일 알람 소리가 들린다.

그렇게 주말이 끝난다.

그렇게 더럽나?

나의 굉장히 지저분한 방을 보고 있으면 두 가지 생각이 든다. '굳이 방을 깨끗이 청소하면서 생활을 할 필요가 있나?' 라는 생각과 '그렇다고 이렇게까지 지저분하게 생활을 할 필'가족들이 나에게 하는 말들 중 "방 좀 치워라." 하는 말은 하루에도 서너 번은 들을 정도이다. 그렇다고 바닥에 먼지가 쌓이고 쓰레기가 나뒹구는 그런 더러움은 아니다. 우선 책상 위를 보면 글을 쓰는 공책, 그림 그리는 공책, 참고 하기 위해 쌓아놓은 책들에다가 내가 사용했던 컵이나 접시…… 책상 위에 살림을 차렸다고 하면 수긍이 갈 정도로 잡다구리가 많다. 아버지가 이것을 굉장히 싫어하셔서 이 문제로 자주 싸우고는 한다.

내가 봐도 지저분하기는 하지만, 그래도 어차피 나만 쓰는 책상인데다가 나는 어디에 뭐가 있고 이걸 어느 정도 밀면 어느 정도의 공간을 사용할 수 있다는 것을 아니까 치울 마음이 썩 들지 않는다. 책 밑에 색연필이 깔려 있어서 불편해도 치우고 찾자는 마음이 들지를 않는다. 그냥 잠깐 책을 들었다가 색연필을 찾으면 이제 더 이상 나한테는 불편한 것이 없는 셈이니 말이다.

옷은 쌓아두고 정리하지 않는다. 필요한 옷이 있으면 약간 삐져나와 보이는 옷의 일부분을 보고 내가 찾던 옷이면 붙잡고 쭉 당겨서 꺼내면 된다. 약간 구김이 있긴 하지만 그냥 입으면 잘 모른다. 와이셔츠의 경우에는 다리미로 다리면 되니 신경이 쓰이지 않는다. 겉옷 종류는 나뭇가지 같은 옷걸이에 걸어 놓아서 괜찮다.

하지만 그렇다고 아예 안 치우는 것도 아니다. 정말 가끔씩 아무 생각 없이 '방 청소나 한번 할까' 하면서 싹 치우기도 한다. 안타깝지만 책상 위는 치워도 5분도 채 되지 않아서 다시 어질러진다. 치우고 나서 컴퓨터를 하면 깨끗한 상태로 유지되지만, 글을 쓰거나 그림을 그리면 원상복구된다. 왜냐하면 내가 올려놨던 것들은 다 필요에 의해 항상 사용하는 것들이어서 자리를 찾아 정리를 했다가도 다시 책상 위에 올려놓게 된다. 색연필을 서랍에 넣었다면 다시 꺼내서 펼쳐놓고, 종이도 다른 파일에 정리했지만 그린 것을 다시 보고 수정하거나 참고한다고 또 꺼내게 된다. 책은 원래 꽂았던 것은 놔두고 새로 참고할 것을 꺼내어서 새롭게 지저분해지는 셈이다.

이런 반복적인 어질러짐 때문에 아버지가 뭐라고 하신 적이 정말 많다. 그런데 그럴 때마다 듣는 사람이 좀 어이없게 뻔뻔히 대꾸한다. 그 대화는 이런 식이다.

"여자애 방이 뭐 이래 지저분하노?"

"원래 예술 하는 사람 방은 좀 지저분해도 된다."

"아이고, 말이나 못 하면……."

웃기겠지만 내 나름의 변명이다. 어쩔 수 없다. 언젠가는 치울 테니 그냥 좀 내비뒀으면 좋겠다.

다섯 번째 이야기
난 네가 싫다

나는 수학을 정말 싫어한다. 끔찍스럽게 싫다. 대부분의 학생들이 수학을 그리 좋아하지 않겠지만 나는 특히 수학이 너무 싫다. 내가 수학을 싫어하게 된 계기는 아주 어릴 때의 기억에 있다. 초등학교 입학을 2년 정도 앞두고 아직 유치원에 있었던 시절에 선생님들께서는 우리에게 수학이나 국어 등을 가르쳐 주셨다. 작은 책을 풀면서 배웠는데 그때도 나는 셈이 많이 느렸다. 3+2를 몰라 쩔쩔매고는 했다. 그런데 그저 셈이 느린 수준 정도였다면 이렇게 싫어하지는 않았을 것이다.

그때 나는 유치원에서 산수 문제를 풀고 있었다. 정말 간단한 것들이었다. 2+2, 3-2, 1-1과 같이 굳이 셈을 할 필요가 있나 싶은 그런 문제들이었다. 그런데 나는 뭔가를 배우는 것에 시간이 오래 걸리는 사람이다. 여러 과목들 중 특히 수학이 가장 오래 걸렸다. 그래서 어거지로 산수 문제를 풀어나가던 중이었다. 손가락으로 꼽아가며 풀다가 도저히 풀지 못하겠는 문제가 생겨 끙끙대다가 하도 계산을 못 해서 선생님께 자주 물어보고는 했는데, 그날 따라 선생님의 기분이 상당히 많이 안 좋았던 모양이다. 왜 기분이 안 좋았는지 모르겠고 확실히 불쾌한 표정을 하고 있던 것은 기억이 난다. 그런 선생님에게 또다시 질문을 했다. 2+2를 못 풀어서 이게 뭐냐고. 선생님은 짜증스러운 얼굴로 내 머리를 한 대 후리며 "왜 이걸 못 풀어!" 하고 역정을 냈다. 그리고 거칠게 답을 갈겨서 써 주는데, 답을 보고는 정신이…… 어이가 없었다.

2+2=0

손가락으로 답을 다시 꼽아 세어보니 네 개인데 답을 0이라고 써줘서 도무지 이해를 할 수 없었다. 머리를 맞은 것도 억울하고 답이 내 손가락과 다른 것도 억울한데, 지금 생각해보면 가장 억울한 것이 그렇게 이유 없이 맞고도 아무 말을 못했다는 점이다. 좀 모를 수도 있지 꼭 그렇게 때려야 했나? 지금은 성격이 많이 바뀌어서 지금 성격으로 그 당시로 돌아간다면 그 선생에게 악을 썼을 것 같다. 왜 때리냐고! 그 정도로 너무 억울했었다.

그 후로 1년인가 후에 초등학교에 입학했다. 여기서도 상황은 비슷했다. 초등학교 때는 받아쓰기도 했는데 너무 못하면 손바닥을 맞았다. 여기 선생님도 굉장히 세게 때렸다. 수학은 훨씬 어렵고 받아쓰기 점수도 낮고 그래서 이 선생님도 싫었다. 2학년 때는 아주 예술이었다. 내 덩치가 가장 크다는 이유로 혼자 남아서 청소를 했다. 몇 명 더 있었던 것 같기도 한데 내가 자주 남았던 기억이 난다. 어머니도 1학년 때부터 별로 마음에 드는 기색이 아니셨는데 결국 찾아오셔서 담임 선생님을 만나셨다. 그리고 나는 얼마 안 있어 전학을 갔다. 약간 갑작스러웠지만 그리 싫지는 않았다.

그 이후 학년은 대체로 괜찮았다. 다만 그런 일이 초반에 많이 일어나니 선생님이란 직업을 가진 사람들을 좀 못 미더워하게 되었다. 그때의 수학 한 문제가 사람을 평가하는 관점에도 영향을 주게 되었다. 나는 지금도 수학이 싫다. 앞으로도 수학이 좋아질 일은 별로 없을 것 같다.

엄수연의 어떤 하루

또 다른 '나'

어른들은 이해하지 못한다. 나에게 거울과 빗은 친구 같은 존재이다. 학교에서나 집에서나 떼어낼 수 없을 정도로 붙들고 다닌다. 여학생이면 공감하지 않을까? 다 하나쯤 자기 얼굴보다 더 큰 거울을 들고 다니며 시도 때도 없이 거울을 보고 빗질을 하고……

빗질도 나에게는 익숙하고 빠지면 안 되는 일상 같다. 하지만 엄마는 옆에서 내가 꼬리빗으로 앞머리를 빗고 있으면 꼭 잔소리를 하신다. 빗으나 안 빗으나 똑같은데 왜 자꾸 빗냐고, 아무도 날 봐주지 않아도 나는 거울을 보며 머리를 빗어야 된다. 나는 내 앞머리가 불편하고 싫으니까 바람 부는 날에 발라당 까지는 앞머리가, 자주 빗으면 기름져지는 앞머리가, 습한 날에 고데기를 해봤자 풀리는 앞머리가 싫다. 그래서 여신 머리 한 애들이 부럽다. 하지만 나는 이마가 못생겨서 여신 머리를 할 수가 없다.

아침마다 고데기로 앞머리를 말아도 학교 올 때쯤은 다 풀려서 보기 싫게 돼버리고, 그게 싫어서 고데기를 들고 다니자니 교실에서 하다가 선생님께 걸려서 뺏기기 일쑤다. 또 앞머리가 신경 쓰여서 머리 빗으면 금방 기름져서 갈라져버린다. 이런 앞머리를 어쩌면 좋을까? 앞머리 없는 애들도 자기만의 고민이 있겠지만 나는 앞머리가 있어서 더 스트레스를 받는다. 내가 거울을 자주 보는 이유도 앞머리 때문이다. 앞머리가 이상하게 되고 고데기 한 게 풀리면 하루 종일 이유 없이 화나고 짜증난다. 앞머리가 어떠냐에 따라 내 기분도 좋았다가 나빴다가 들쭉날쭉 한다.

중학교 때는 진짜 거울을 많이 뺏겼었다. 선생님께서 거울을 뺏으면 다음날 새로 사고, 또 뺏으면 다시 사고……. 또 빗을 잃어버려서 문구사에서 빗을 샀는데 아주머니께서

"요즘 애들은 이해할 수가 없네, 하루 종일 이걸로 머리만 빗고 있어. 시내 나갔는데 애들이 옷 고르면서도 머리를 빗더라."

하면서 옆에 있던 아주머니랑 이야기하셨다.

그게 왜 그럴 수도 있지, 난 매일 하는 일이데 머리가 헝클어지면 빗는 거지, 왜 이해를 못하는 거지? 나는 그런 어른들을 더 이해할 수가 없다. 주변 사람들이 뭐라고 해도 나는 나다. 머리 빗는 것도 거울을 보는 것도 앞머리가 엉망인 것도 내 모습의 일부분이다.

두 번째 이야기

교실

아침 8시 10분, 교실에 들어가면 어제와 똑같은 공간이 나를 맞이한다. 이어폰을 끼고 공부를 하는 아이들, 핸드폰을 들고 게임 하는 아이들, 자기들끼리 시끄럽게 수다를 떠는 아이들, 거울을 보며 화장하는 아이들, 담요를 덮고 자는 아이들, 이 모든 것을 한 교실에서 볼 수 있는 모습들이다.

시끌시끌하던 교실은 수업 종이 쳐도 소란스럽다. 곧 선생님이 들어오시고 한마디를 하면 이때까지 볼 수 없었던 조용한 교실로 잠시 변신한다. 어제와 다를 것 없는 지루한 수업시간이 흘러 또 종이 치면 아까의 시끌시끌하고 소란스럽던 교실로 다시 바뀐다. 이렇게 '시끄럽다-조용하다-시끄럽다'를 획획 반복하다가 점심시간이 되면 텅 빈, 어느 때보다 고요한 교실이 된다. 같은 교실 안에서 같은 시간 동안 우리는 서로 다른 생각을 하며 다른 꿈을 꾸고 있다.

세 번째 이야기
외줄타기

나는 아슬아슬 끝없는 외줄타기를 하고 있는 중이다. 나에게는 중학교 때부터 지금까지 늘 한결같은 꿈이 있다. 불안한 외줄 타는 듯한 기분으로 제과제빵사가 되는 것을 꿈꾼다.

중학교 때 국어 시간은 항상 도서관에서 수업을 했다. 선생님께서 책을 읽으라고 하면 친구들과 같이 요리책만 보며 맛있겠다, 이건 별로다 하며 한가롭게 시간을 보냈다. 그중 베이킹에 관한 책이 있었고 나는 그 책에 푹 빠졌다. 아무 생각 없이 먹던 빵이 이렇게 '만들어지는구나' 생각하면서부터 그냥 빵을 만드는 것 자체가 마냥 좋았던 거 같다. 그래서 그 순간부터 내 꿈은 빵을 만드는 제과제빵사였다. 하지만 그때는 꿈을 위해 아무것도 할 수 있는 게 없었다. 고작 TV에서 하던 '따끈따끈 베이커리', '꿈빛 파티시엘'을 보며 환상만 키웠었다.

중학교 3학년 때 진학할 고등학교를 알아보던 중 대구자연과학교에 바이오식품과가 있다는 것을 알고 거기에 진학하고 싶었다. 바이오식품과답게 요리는 물론 제과제빵도 배운다는 말에 바로 원서를 내려고 했지만 문제는 조금 모자라는 성적이었다. 그 순간 급격하게 밀려드는 후회. 조금만 더 잘할 걸…… 하고, 그런데 이미 지나간 일이었다. 그때는 내가 하고 싶은 것밖에 안 보였고 막무가내였다. 성적이 모자라지만 원서를 내려고 준비 중에 담임 선생님께서는 절대 안 된다고 말씀하셨다, 떨어진다고, 절망적이었다. 모든 걸 실패한 기분이었고 눈물이 가득 차올랐다. 결국 선생님의 추천으로 원서를 낸 곳은 식품유통과였다.

진학을 한 지금은 전혀 후회는 없다. 유통과에 들어오지 않았으면 지금처럼 좋은 친구들도 만나지 못 했을 것이다. 하지만 아쉬움이 남는 건 어쩔 수 없다. 식품유통과는 말 그대로 식품보다는 유통을 더 많이 배우기 때문이다. 하지만 그때 내가 바이오식품과에 들어가도 변한 건 없었을 것 같다. 지금의 내가 노력하고 있는 게 아무것도 없기 때문이다. 하고 싶은 걸 하고 있고 배우고 있는 데도 내가 한걸음 더 가려고 노력하는 게 없다.

그걸 보면 나는 중학교 때와 변한 게 없다. 그래서 더욱 불안하다. 내가 타고 있는 외줄이 많이 흔들린다.

'끝없는 외줄을 타다가 내가 지쳐 내려오지 않을까?'

'줄이 끊어져 버리지 않을까?'

이렇게 질문을 던져도 돌아오는 답이 없다. 한없이 불안하다. 하지만 불안한 만큼 한결같고 간절한 나의 꿈은 제과제빵사이다.

고등학생 2학년

나는 지금 고등학교 2학년이다. 아무것도 모르고 그저 놀기만 했던 1학년도 아니고, 진학이나 취업 때문에 머리 아파하며 한없이 바쁘고 조급한 마음으로 지내는 3학년도 아닌, 중간에 어정쩡하게 끼어 있는 2학년이다.

지금부터 진로도 정해야 되는데…… 친구들과 놀고 싶고, 성적은 신경 써야겠고 머리가 터져버릴 것 같다. 그래서 아무것도 생각하기 싫다. 이미 곁에 친구들은 대학을 어디 갈지, 취업은 어디로 할지, 어디가 좋고 싫고를 정하고 있는 상태인데 그런 걸 볼 때마다 나만 동떨어져 있는 거 같다. 아직 대학을 갈지 취업을 할지도 생각해 보지 않았는데 이젠 2학년이라고 공부하라고 이곳저곳에서 압박해오고 잔소리도 날아온다. 나도 잘하고 싶고, 열심히 하고 싶다. 그런데 모르겠다. 어떤 선택이 맞는 건지, 틀린 건지, 후회 안 할 자신이 있을지 그냥 옆에서 이리로 가라 저리로 가라 하면 차라리 마음이 편할 것만 같다.

친구들과 이야기를 하다 보면 친구들은 빨리 졸업해서 성인이 되고 싶다고 한다. 나는 아닌데…… 그냥 이대로 시간이 멈췄으면 좋겠다. 아침마다 학교 가기 싫다고 투정 부리지만 똑같은 교복을 입고 매일 똑같은 버스를 타고 같은 시간에 등교를 해도 나는 지금이 좋다. 지금 친구들과 크게 웃고 떠들며 맛있는 거 먹으러 다니는 게 좋은데…… 3학년으로도 올라가는 것도 싫고 졸업하기도 싫다.

가끔 집에 갈 때 조금 가까운 미래를 상상해 보곤 한다. 시간이 지나면 이 교복도 못 입고, 내 옆에 있는 친구들과 같이 못 걷겠지?, 연락은 될까? 3학년이 되면 정신 없이 이 길을 빨리 걸을 거고 친구들과 같이 노는 시간도 줄어들겠지, 그리고 졸업하면 마음이 편해질 수 있을까? 더 나아질 수 있을까? 어쩌면 또 다른 압박감을 가지고 갈림길에서 갈팡질팡하고 있을지 모른다. 시간이 좀더 느리게, 아주 천천히 지나갔으면 좋겠다. 아니면 건전지를 빼놓은 시계처럼 멈췄으면……

꽃 한 송이

내 주변에는 많은 꽃들이 있다. 장미, 민들레, 튤립, 해바라기. 누가 봐도 예쁜 꽃들을 봐도 내 눈을 사로잡고 내 마음을 움직이는 꽃은 단 한 송이뿐이다. 다른 아이들은 이 한 송이가 싫다고 한다. 없어졌으면 좋겠다고 내게는 무엇보다 소중한 꽃인데 내 눈에는 어느 꽃보다 예쁜 꽃인데…….

혼자 바람에 흔들릴 때는 꺾이진 않을지, 힘들지 않을지 멀리서 바라만 보고 있다. 힘들 걸 표현하지 않는 자존심 강한 꽃이니까 내가 다가가서 걱정해 주면 오히려 더 괜찮은 척하는 꽃인 걸 나는 아니까 멀리서 바라보다 바람이 지나가면 아무것도 모른다는 듯 웃으며 다가간다. 그러면 더 환하게 더 밝게 웃어주는 그 꽃이 나는 좋다. 가끔 그 꽃을 생각하면 눈시울이 붉어진다. 너무 예뻐서, 보고만 있어도 좋아서, 이 세상에 존재해서, 내 앞에 있어줘서 무엇보다 고마운 꽃이다. 내가 힘들 때 울고 싶을 때 아무 말 없이 눈물을 흘리면 나처럼 아무 말 없이 품을 내어준다. 그 품이 포근해서 내 모든 눈물을 다 가져가는 느낌이라서 더 크게 울곤 했다.

그런 꽃에게 난 스스로 바람이 되었다. 모진 바람 힘겨운 바람이 되어 꽃을 흔들어댈 때 그 꽃은 얼마나 괴로웠을까, 얼마나 힘들었을까? 하지만 그 꽃은 꺾이지도 않고 내 옆자리를 지켜주었다. 얼마나 속이 썩어 문드러졌을까. 많이 목말랐을 텐데…… 아무런 말도 하지 않고 내 곁에서 따스한 향으로 품어주고 위로해 주던 그 꽃에게 많이 고맙고 미안하다.

이제 그 꽃에게 겨울은 없고 봄만 존재하기를, 차디찬 겨울 바람보다 살랑이는 산들바람만 불기를, 옆자리를 지켜준 꽃에게 살랑이는 바람을 느끼며 잠시 쉬라고 그리고 이제 내가 꽃의 옆자리를 지켜줄 거라고, 옆에서 물도 주고 같이 따스한 햇볕도 쐬면서 사랑한다고 말해줄 거라고 이제껏 받았던 사랑을 내가 돌려줄 차례라고 그저 받기만 하면 된다고 그 대신 내 옆자리를 떠나지 말라고 언제나 같이 웃고 행복하자고 말해주고 싶다.

이 꽃을 닮은 나, 웃을 땐 나까지 행복하게 하는, 그리고 영원히 행복했으면 하는 우리 엄마꽃.

엄마, 항상 고마워♡

자리뽑기

    나는 자리 바꾸는 날이면 늘 설레고 좋다. 하지만 내 자리는 늘 좋지 않다. 우리 반 자리는 한 달마다 자리표를 뽑아서 바꾼다. 이번 9월의 자리는 정말 답이 없는 것 같다. 나는 운도 지지리 없다. 8월에 자리는 주변에 친한 친구들이 있었는데 이번엔 고립을 당했다. 친구들은 2분단 앞에 다 같이 몰려 앉았었고, 나는 3분단 2번째 자리이다. 친구들이랑 자리는 가까웠지만 말할 수가 없어서 고립을 당한 기분이었다. 내 뒤에도 나와 같은 처지인 '고립인'이 있어서 고립인끼리 서로 대화를 하며 한 달이 빨리 지나가기를 바라며 버텼다.

    내 바람대로 8월 넷째 주에 자리를 앞당겨 바꿨다. 반장은 자리 숫자가 적힌 종이를 들고 다녔고 애들이 하나둘씩 뽑아갔다. 점점 내가 뽑을 차례가 되었다. 조마조마하며 종이를 뽑았는데 12번이 걸렸다. 아직도 그 조마조마한 마음이 북을 치는 것 같다. 칠판에 그려진 좌석표에는 1번, 2번, 3번…… 차례대로 자리 주인을 찾아가며 채워졌다. 천천히 내 번호가 점점 가까워져갔다. 드디어 12번이 되었고 나는 번쩍 손을 들었는데 선생님께서 내 자리를 표시하셨는데 맨 앞자리였다. 중간 분단에서 첫줄이면 그나마 괜찮지만 내 자리는 창가 쪽 맨가에 자리였다. 그리고 주변에는 나와 친한 친구들이 없었다.

    빨리 9월이 되길 바랐는데 이제는 빨리 9월이 안 되길 바랐다. 9월이 되고 난 후 나는 새 자리에 앉았는데 주변엔 별로 친하지 않은 친구들뿐이라서 말도 못하고 매일 멍만 때리고 있다. 맨 앞자리라서 더 수업에 집중될 줄 알았는데 오히려 더 멍 때리게 되는 것 같다. 정신 차려서 들으려고 하면 항상 종이 치고 그렇다. 수업시간에도 말할 친구들이 없어서 입은 항상 말라 가고 있다.

    이번 자리는 지난달 자리보다 더 고립인 것 같다. 고립은 사람을 이렇게 만든다. 나는 이제 자리 뽑기 할 때 절대 나의 손으로 뽑지 않을 것이다. 옛날에는 자리가 잘 나와서 뿌듯했었는데…… 이제 자리 바꾸는 것도 4일 정도 남았는데, 빨리 10월 자리 뽑기 하는 날이 왔으면 좋겠다. 오! 신이시여!그때는 정말 좋은 자리 하나 점지해 주시옵소서.

급식

고등학교에 와서 처음으로 먹은 급식이 생각난다. 나는 급식이 맛있고 반찬 종류도 다양해서 첫날 먹어보고 놀랐었다. 옛날 중학교 1학년 때는 급식실이 없어서 교실에서 급식을 했고, 중2가 돼서 급식실이 생겨서 급식실에서 밥 먹다가 다시 중3부터는 교실에서 밥을 먹었었다. 급식실에서 처음으로 먹었을 때는 교실과는 색다른 느낌이 있어서 좋았다. 그러다가 중3부터는 다시 교실에서 밥 먹기 시작한 후로 교실에서 반 친구들이랑 밥 먹는 게 더 좋았다. 급식실 줄도 안 서도 되고 좋았었는데 고등학교 와서는 다시 급식실에서 밥을 먹어서 줄 서고 그런 부분이 싫었다.

그래도 급식이 맛이 있어서 좋았다. 수요일에는 맛있는 음식이 나오는 것 같다. 그래서 항상 수요일이 기다려지곤 한다. 근데 너무 양을 적게 준다. 밥은 진짜 많이 주고 반찬 맛있는 건 적게 준다. 항상 맛있는 거 나오면 남자들은 밥에다가 퍼주고 그러는데 우리는 적게 준다. 많이 달라고 말하면 오히려 더 적게 주신다. 그래서 급식실에서는 항상 슬프다. 다음 생에는 남자로 태어나야겠다.

나는 짜장을 좋아한다. 얼마 전에 엄마랑 언니가 나를 빼고 짜장면을 먹어서 한이 맺혔었는데 학교에서 짜장밥이 나온다고 해서 정말 기대했다. 그런데 내가 원하는 짜장 맛이 아니었다. 그래서 그때 짜장밥을 못 먹고 국만 먹은 기억이 난다. 맛있는 거 나올 때는 정말 맛있는데 한 번씩은 이상하다. 저번에 급식에 고기 요리가 나왔는데 내 친구 평은이에게 줬다. 고기를 좋아하고 사랑하지만, 그 아이는 고기를 나보다 더 좋아해서 내 것을 줬다. 뿌듯했다. 평은이는 대신 고기 요리에 함께 있던 떡을 나에게 주었다. 맛있었다. 이렇게 양보하는 삶을 살면 나에게 이득이 온다. 매일매일 급식이 맛있게 나왔으면 좋겠다.

흉터

내 피부는 너무 더럽다. 나는 피부가 깨끗했던 적이 한 번도 없는 것 같다. 엄마 뱃속에서도 이렇게 피부가 안 좋았을까? 나는 중학교 1학년 때부터 여드름이라는 것이 난 것 같다. 그때는 아무것도 모르고 짰었다. 그리고 지금까지 피부에 여드름 흉터가 남았다.

중학교 1학년 때는 화장도 안 했었는데 왜 여드름이 났을까? 나는 원래부터 이렇게 생길 운명이었을 것이다. 중학교 2학년 때도 화장을 안 했었는데 그 여드름 피부는 계속 지속이 되었었다. 그리고 중학교 3년 때에는 BB라는 것을 발랐었는데 피부가 괜찮아졌다. 그러다가 나중에 다시 뒤집어졌다.

도저히 이대로는 안 되겠다싶어 엄마한테 매일매일 졸라서 피부과에 한번 갔었다. 나는 여드름 레이저 치료라는 것을 하고 싶었다. 그 레이저 시술을 하면 정말 피부에 여드름흉터가 없어지고 정말 아기처럼 정말 좋은 피부가 된다고 했다. 그래서 피부과에 레이저 시술을 하러 갔는데 의사 선생님께서 나이가 어리다고 안 해주면서 시간이 약이라고 그냥 가라고 하셨다. 그 이후로는 매일 화장으로 여드름 흉터를 가리고 살아왔다.

그렇게 고등학교에 왔다. 그런데 학교에서 BB를 못 바르게 한다. 하얘지려는 용도도 있지만 나는 여드름 가리려고 하는 용도가 더 큰데 못 바르게 해서 처음엔 정말 스트레스였다. 경험상 바르나 안 바르나 여드름 나는 것은 똑같은 거 같다. 하도 여드름 흉터가 덕지덕지 남아서 실험을 해봤다. 오른쪽에 난 여드름은 안 짜고, 왼쪽에 있는 여드름은 다 짜보았다. 그 결과 짜나 안 짜나 여드름 흉터는 다 남았다. 정말 내 피부는 답이 없다.

이 피부로 몇 십 년을 이렇게 스트레스를 받아야 한다니…… 다시 엄마를 졸라서 피부과를 갔다. 의사 선생님은 또 레이저 시술은 안 해주신다고 한다. 대신

연고를 주셨다. 꾸준히 자기 전에 흉터 부분에 바르고 자고 있는데 솔직히 효과 있는 건지 잘 모르겠다.

　나도 정말 피부가 좋았으면 좋겠다. 학생 때는 여드름흉터가 있으면 그냥 아무렇지 않지만, 어른이 되고서도 여드름 흉터가 있으면 화장을 해도 정말 안 예쁠 것 같다. 지금부터 더 관리를 열심히 해서 어른 때에는 피부를 꿀 피부로 만들고 싶다. 나는 여드름이 나더라도 흉터는 안 남았으면 좋겠다. 흉터가 남으니깐 어떻게 해야 할지 모르겠다. 앞으로는 관리를 더 잘해서 20살에는 꽃다운 청춘으로 살아가고 싶다!

또자

지금은 없지만, 나는 기니 피그라는 애완동물을 키웠었다. 중학교 1년 때에 우리 집에서 살게 되었다. 기니피그가 처음온 날에 난 아무것도 모르고 집에 들어가다가 언니가 작은 무언가와 놀고 있어서 껌쩍 놀랐다. 처음 봤을 때는 정말 귀여웠다. 그때가 기니피그라는 것을 처음 본 것이다.

기니피그는 쥐에서 확장시키고 꼬리가 없고, 코는 돼지코처럼 생겼다. 눈은 검정색에 동그랗고 털색은 갈색과 검정과 흰색이 있었는데 전체는 하얀색에 오른쪽은 검정, 왼쪽은 갈색이었다. 생긴 것은 진짜 귀여웠다. 애는 매일 먹고 자기만 해서 이름은 '먹고또자' 라고 지었는데 이름이 너무 긴 것 같아서 '또자' 라고 줄여서 불렀다.

또자를 가져오게 된 것은 언니 친구 중에 기니 피그를 키우는 친구는 집에 기니피그가 새끼를 낳아서, 언니가 새끼 한 마리를 얻어온 것이다. 또자가 우리 집에 처음 왔을 때느 정말 한 손에 다 들어올 정도로 작았다. 그리고 처음 보는 사람들이라서 그런지 처음에는 언니와 내가 만지면 부르르 떨고 그랬었다. 그러다가 점점 또자와 친해졌다.

또자집을 사주려고 했는데 구멍이 숭숭 뚫어 있어서 털이 빠져나올 것 같아서 박스를 주워와서 자리를 깔아주고 일주일에 한 번씩 목욕시키고 새 박스를 갈아준다. 목욕시킬 때에는 귀에 물이 들어가면 죽으므로 절대 목욕시킬 때 귀에 물이 안 들어가게 조심해야 했다.

원래는 내 방에서 키웠는데 냄새가 좀 나서 거실에서 키우게 되었다. 내 방에서 키울 때 목욕시키고 몰래 내 방에 풀어놓고 또자랑 놀았었다. 처음에는 낯을 진짜 많이 가렸는데 그때는 많이 친해져서 방에서 뛰어놀기도 하고 작은집에 있다가 넓어져서 그런지 진짜로 좋아했던 게 기억난다.

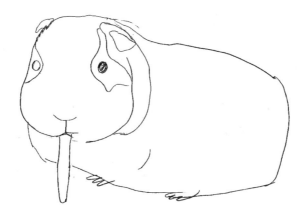

　원래 기니피그 수명 최고 기록은 14년이라고 해서 나는 15년을 키우는 걸 목표로 했는데 우리 또자는 4년을 살았다. 다른 가족들은 또자를 잘 안 챙겨줘서 매번 내가 목욕시키고 밥 주고 집 갈아주고 그랬다. 그런데 학교 가는 날에는 너무 바빠서 밥을 잘못 챙겨줬었다. 그날 저녁에 학원 다 마치고 집에 갔는데 원래 집에 오면 또자가 배고프다고 우는데 그날은 울지 않았다. 엄마가 놀라지 말라면서 그 박스 쪽으로 가지 말라고 말했다. 그때 뭔가 촉이 안 좋았다. 역시 안 좋은 촉은 다 맞는다는 말이 맞던지, 엄마는 또자가 죽었다고 말씀하셨다.

　나는 정말 잘 안 우는 편인데 또자가 죽은 날은 좀 울었던 것 같다. 또자가 죽기 전날에 중학교 때 친구를 만났을 때, 또자 잘 지내냐고 물어봐서 잘 지낸다고, 15년 기록 세울 거라고 말했는데…… 그 다음 날 그런 일이 생겨서 더 슬펐던 것 같다. 계속 애완동물을 키우고 싶지만 아직은 또자 생각나서 못 키울 것 같다. 또자가 보고 싶다.

학원

　나는 학원을 2군데 다닌다. 영어와 수학 학원을 다닌다. 학원은 중학교 때부터 시작해서 계속 쭉 다니고 있다. 영어 학원은 집 근처라서 금방 가지만 수학 학원은 좀더 가야 돼서 여름 때는 너무 가기 싫다. 수학은 일주일에 한 번 가지만 영어는 매일 간다. 매일 가는 게 너무 싫고 귀찮아서 조금 조금씩 몰래 빠지기도 한다.

　고등학교에 들어와서부터 영어 학원은 안 다니려고 했지만 기초 문법도 몰라서 아직까지 다니고 있다. 학교 다닐 때에는 그냥 학교 마치고 바로 가면 됐었는데 방학 때에는 집에 있다가 씻고 나가는 게 너무나 귀찮았다. 학교 다닐 때에는 한두 번 빠져도 엄마가 모르시는데 방학 때에는 안 가면 바로 알게 되니 이번 방학 때는 한 번 정도 빼고 다 간 것 같다.

　수학 학원은 일주일에 한 번만 간다. 그래서 너무나도 좋다. 원래 두 번 갔었는데 갑자기 한 번으로 바뀌고 나서부터 좋았다. 수학은 정확하게는 학원이 아니라 선생님 집에서 수업을 한다. 그래서 학교 마치고 바로 가면 정말 배고픈데 선생님께서 먹을 거 해주셔서 너무너무 감사하고 좋다. 월요일마다 수학 학원 가는 것이 설렌다.

　나는 학원 가는 것은 너무 싫어하지만 학원을 마치고 노래를 들으면서 집에 오는 그 시간은 정말 좋다. 노래 듣는 거 정말 좋아하는데 평소에 집에 있으면 딱히 그럴 시간도 없고, 월요일이 아니면 영어 학원 갔다 와서 밥 먹고 씻고 바로 자기 때문에 그럴 시간이 없다. 그래서 밤에 집에 오면서 듣는 그 시간이 더 좋은 것 같다. 영어 학원은 가까워서 노래를 들어도 듣는 것 같지 않은데, 수학 학원은 조금 멀어서 학원을 다니면서 노래를 잘 들을 수 있다.

　월요일에는 학원을 2군데를 간다. 영어랑 수학을 가는데 옛날에는 친구들이랑 놀다가 수학 학원을 갔다가 영어 학원를 갔었는데, 요즈음 친구들이 집에 바로 가서 영어 학원을 갔다가 수학 학원을 바로 간다. 왜냐하면 영어 학원이 수학 학원보다 더 학교에서 가깝기 때문이다.

처음에는 친구들이랑 못 놀아서 슬펐는데 시간이 더 저축되고 집에 빨리 돌아올 수 있어서 좋은 것 같다. 원래도 월요일이 제일 싫었지만, 학원을 연속 두 개 가야 돼서 월요일이 더 싫어지는 것 같다. 하지만 그날에는 내가 좋아하는 노래 듣기를 오래 할 수 있어서 좋은 점도 있다.

김수민의 어떤 하루

중독되는 책

책은 중독되기 쉬운 것 같다. 도서관의 냄새가 묻은 책이나 잉크와 종이 냄새가 나는 책이라는 것도 이유가 되지만, 나는 책들의 여러 장르들도 중독되기 쉽다고 생각하였다.

그 중 여행 에세이, 수필, 판타지 장편소설을 특히 좋아한다. 판타지 소설 중 독특한 소재로 쓴 책이나, 제목이 신비스러운 느낌을 주는 책을 좋아한다.

예를 들어 나오미 노빅 작가의 〈테메레르〉가 그렇다. 이 책은 19세기 초 나폴레옹 전쟁을 하기 전에 1805년 유럽을 배경으로 하여 지어진 역사소설이면서, 용이라는 비현실적인 캐릭터를 넣어 만든 판타지 소설이다. 이런 참신한 아이디어로 지은 판타지 소설을 좋아한다.

내가 생각하는 책이 중독되기 쉬운 이유는 거대한 상상을 머릿속에 마구마구 펼치게 해 주기 때문인 것 같다. 책에 써진 자세한 스토리들이 눈앞에 마치 영화를 보듯이 나온다고 생각하면 된다. 먼저, 만화처럼 밑그림을 그리고 배경을 넣고 색깔을 넣은 다음, 성격에 맞게 목소리까지 상상하여 캐릭터에 삽입한다. 그리고 그것을 순서대로 나열하면 이야기가 점점 영화처럼 보이게 된다. 책 줄거리를 영화처럼 한 번 그리고 나면 머릿속에 생생하게 남아 있기 때문에 책을 더 볼 필요가 없을 만큼 오랫동안 기억하게 된다. 책 한 권을 다 보면 그 다음 권을 읽고 싶은 충동이 일어나게 되고, 공부나 자신의 할 일에 집중을 하지 못하게 되기도 한다. 그만큼 재미있는 책이라면 그렇다는 이야기다.

재미없는 이야기라고 해도 책 속에 없었던 내용을 자기 마음대로 생각해서 바꾸고 내가 이렇게 된다면 이렇게 할 텐데 하는 생각도 한다면 재미있다. 그 아무리 재미없는 책이라고 해도 몇 번씩 내용을 바꾸어 생각한다면 다음 이야기도 읽고 싶을 때가 간혹 있다. 지금의 나는 책에서 활동하는 자잘한 주인공의 이야기나 자세하게 써진 배경을 보면 되고 싶다, 가고 싶다는 생각을 많이 하게 된다.

　책과 노니는 상상의 순간은 한순간이지만 나의 지루한 일상을 바꿔주기 때문에 나는 자꾸만 책에 중독되는 것 같다. 이 책 중독이 너무 좋다.

톡에서 만난 친구들이 가르쳐 준 것

아이들은 무슨 재미로 카카오 톡을 하는 걸까? 라는 생각을 한 적이 있다. 사람들이 많은 거리에 가면 많이 볼 수 있다. 공공장소에서도 톡하는 사람들을 볼 수 있었고, 집에서도 엄마가 하는 톡을 하는 모습도 볼 수 있었지만 그렇게 빠져 있는 모습이 의아했다.

하지만 이 의문은 얼마 지나지 않아 해결되었다. 친구인 주은이가 자신이 아는 톡 방에 나를 소개하고 싶다고 초대해도 되냐고 톡을 하였다. 처음에는 거절하였지만 두 번째 설득을 할 때는 초대된 방에 들어가 자기소개를 하며 간단히 이야기를 하다가 어느샌가 친구들과 친해지게 되었다.

간단히 소개를 하자면, 나기원. 동물을 많이 키우는 동갑내기 소년과 한재현 16살 남 내가 '프랑키'라고 별명을 붙여준 톡 방의 주인, 이인재 남자 18살 남 올해 수능생, 그리고 이 방에 초대해 준 친구, 주은이라는 동갑내기 소녀와 주은이 동생, 정민이 등 여러 명이 있다.

각자 자신의 개성을 가지고 이야기하는 사람들을 보면 왠지 반에서 이야기하는 친구들 모습이 떠올랐다. 나는 그들의 이야기를 듣기만 했었을 뿐이었지만 그렇게 엿듣는 것도 나쁘진 않았다. 함께 나누고 이야기하고 싶은 친구를 가지고 싶다고 생각했을 때, 이 톡 방에 와서 그것을 이룰 수 있게 되었다. 나이 차이가 나지만 그래도 상관없다고 생각했었다. 정민이가 말했다. '친구를 사귈 때는 자격 같은 것은 필요 없다!'라고. 그 말을 듣고 심장이 뭉클해졌다. 이렇게 멋지게 말하는 사람도 있는데, 소심하게 친구 만들기를 포기하였던 과거가 생각나 남 몰래 울었다. 아이처럼 울고 나니 속이 시원해졌다.

사람들이 톡을 하는 이유를 조금은 알게 된 기분이 들었다. 이런 멋진 친구들을 만나고 이야기하고 웃고 떠들고 울고 상담도 해주고를 반복하기 위해 만나는

구나. 라고 생각하게 되었다. 이런 사람들을 또다시 만나고 싶다. 이번엔 톡이 아닌 얼굴을 마주 보고 만나고 싶다.

고요함 그 뒤에 숨겨진 것

사람들은 대부분 힘든 모습을 보여주지 않기 위해, 일부러 가짜로 웃으며 자신은 고민이 없는 듯이 행동한다. 나도 그렇게 한다. '힘들다. 포기하고 싶다. 이걸 왜 해야 하지?' 등 욕구불만을 감추기 위해서, 내 마음대로 하고 싶은 마음을 밖으로 새어나오지 않도록, 아직 때가 아니라면서 꾹꾹 눌러서 감춘다. 그리고 웃으면서 이야기하고 그렇게 지낸다. 착한 아이처럼 굴었던 내 마음이 고등학교에서 터졌다. 한계에 이른 것이다.

그 마음은 나를 포함해 다른 아이들에게 피해를 주고 선생님들께도 피해를 주었다. 그리고 더 이상 사과할 수도 없는 일이 되어버렸다. 그 피해 입은 학생들은 거의 대부분이 나를 싫어한다. 위로하면서 한편은 수십 번 칼을 세우며 그런 나를 찌르기 일쑤다. 그 일이 반복되고 나서 나에게 병이 생겼다. 그것은 '자해'였다. 자해, 스스로 자 해로울 해. 스스로 해를 입히는 것을 말하는 데 나는 다른 사람들을 괴롭혔다는 죄책감에 시달리면서 그들이 피해입지 않고 나만이 피해를 입고 괴로워하는 방법을 골라 시도한 끝에 얻은 병이었다. 그렇지만 아직 초기라 많은 피해는 없었다. 손으로 할퀴거나 손을 깨무는 것, 볼펜이나 샤프로 찌르는 것 정도.

자해를 하기 전, 물을 먹지 않은 꽃처럼 시들시들해지면서 우울증을 먼저 얻었다. 모든 것은 내가 한 일이었지만, '그 일을 왜 했을까? 시간을 되돌릴 순 없을까?'라는 후회의 소용돌이 속에서 빠져 나올 수가 없었다.

청소년이든 어른이든 간에 좀더 솔직하게 자신의 감정을 표현하길 어려워하는 사람들도 있고, 자신만의 가면을 쓰고 다니는 사람들이 있다. 그리고 자신을 사랑하는 사람도 있고 자신을 증오하며 해를 가하는 사람도 있다. 또한 자신에 대한 것은 내가 잘 알더라도 다른 사람들은 잘 모른다. 가르쳐주지 않으면 그들은 내가 왜 이런 행동을 하고 생각을 했었는지를 잘 모른다. 자살처럼.

　나에게 맞고만 있던 내 자신이 스스로 나에게 이렇게 질문하였다.
　"자기 자신이 자신을 못 믿어주는데, 자신은 누구를 믿고 살아갈 수 있겠어?"
　과거에 휩싸여 후회만 말하던 내 입이 동작을 멈추고, 나의 두 눈에서 뜨거운 물이 흘러내리는 느낌을 받았다.
　그리고 나 자신의 질문에 대답한다. "아니."라고. 아무도 믿지를 못하는 데 다른 사람들에게 나를 믿어달라고 소리치는 것은 무의미하다. 과거는 과거이고, 현재는 현재이다. 현재와 과거는 다르고, 미래 또한 누군가를 믿는 것에 따라 다르다. 그런 말을 하는 내가 나 자신을 때리던 행동을 그만두고 꼭 안아주며 말했다. "미안해. 지금부터라도 과거에 얽매이지 않고 후회하는 삶을 살고 싶지 않으니까. 널 믿을게."
　나에게는 나를 지지해 주는 내가 있고, 선생님이 있고, 가족이 있기에 앞으로 나가는 것을 멈추지 않을 것이다. 모든 청소년들에게 하고 싶은 말이 있다면, "너 자신을 먼저 믿어라."라고 말해 주고 싶다.

개미를 닮은 사람들

시내에 어느 한적한 카페에 앉아서 거리를 다니는 사람들을 쳐다보면서 관찰하는 것은 나의 소소한 일상이 되었다. '저 사람은 어디 가는 걸까?', '사람들은 무엇 때문에 바쁘게 움직이는 거지?' 라는 생각들을 하며 지나가는 사람들을 관찰한다.

2층 창밖으로 아래를 내려다보니 사람들이 개미를 닮은 듯하다. 일하러 가는 개미, 놀러 온 개미, 수다 떠는 개미, 연애하는 개미 등 각자 자신이 맡은 역할을 평생 동안 충실히 하는 개미들처럼 여러 개미들이 시내에 바글바글하였다. 그중에서도 나는 혼자만의 생활을 즐기러 온 개미인가? 개미는 집단생활을 하는데, 나는 그런 집단에서 저만치 떨어져서 그들을 바라보는 것처럼. 주문한 커피를 마시며 개미군단의 행렬을 지켜본다. 대백 앞 공연장을 중심으로 개미들이 십자가 모양으로 나뉜다. 서로 부딪쳐도 미안하단 말 하나 없이, 돌아보지 않고, 멈추지 않고 가던 길을 가버린다. 정말! 정 없는 개미들이다.

카페에서 커피를 다 마신 뒤 밖으로 나왔다. 여러 개미들 사이에 끼어서 집 방향으로 이동하다, 공연장에서 라이브를 하고 있는 개미를 발견했다. 노래를 잘 부르는 개미는 일행과 함께 기타를 들고 연주한다. 그 개미들 주위에 구경하러 온 개미들이 자신의 길을 가던 중 잠깐 멈추고 노래를 듣고 있었다. 나도 가던 길을 잠깐 멈추고 그들 사이로 들어가서 노래를 감상하였다. 목소리가 힘찬 남성 개미는 연주하는 것이 그리도 재미있는지 쉬지도 않은 채 자신의 노래를 이어나갔다. '왕성한 체력을 가진 개미네' 라고 속으로 생각하며, 개미의 노래를 조용히 듣는다. 기타소리가 멈추고 노래가 끝나자 구경개미들의 환호성이 들리며 그 개미에게 더 연주해달라고 부탁한다. 나 역시 그들과 함께 좀더 듣고 싶었지만, 시간이 부족해서 서둘러 집으로 갈 수밖에 없었다.

나는 미안하단 말 하나 없이 지나가던 개미를 떠올리면서 생각하였다. 아마 낯설었던 것인지 사람들이 말없이 지나가기 일쑤다. 하지만 자신이 잘 아는 동네 사람들이 있을 때도 낯선 곳보다 더욱 정겹다. 개미들도 마찬가지다. 자신과 함께 생활한 개미들하고 어울리는 것을 좋아하고 정겹다. 또한 흔히 우리가 눈으로 상대방을 쳐다보거나 경계하듯이, 개미들도 자신이 모르는 생물에게는 경계하거나 머리에 달린 더듬이로 상대방을 조사한다.

　주위에는 내가 관찰한 개미보다 생각했었던 개미보다 훨씬 많은 개미들이 있을 것이고, 개성이 독특한 개미들이 잔뜩 있을 것이다. 정말로 사람들은 개미와 닮았다.

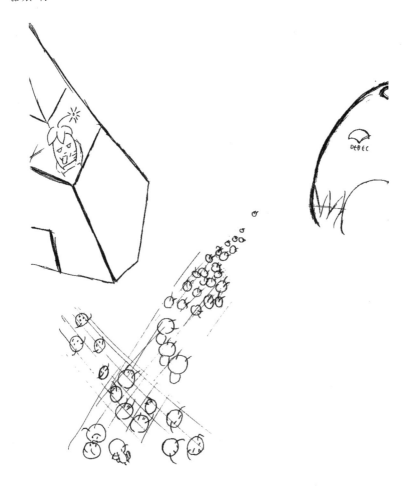

다섯 번째 이야기
자유로운 여행을 위하여

무언가에 얽매이지 않고 자유롭게 여행을 하며 살고 싶다고 생각했었다. 한 문화만 보는 국내 여행보다 여러 문화를 보는 세계 여행을 더 하고 싶었다. 그래서 준비를 하고 있다. 꼬박꼬박 한 달에 1번씩 받는 용돈을 쪼개서 여행 자금으로 모으고, 체력도 뒤처지지 않게 몸을 운동으로 단련시키려 한다. 또한, 여행을 갈 때 좀 색다르게 가고 싶어서 남장을 하려고 한다. 하고 싶었던 일이기도 하고, 이 위험한 세상에 여자 몸으로 혼자 다니기엔 불안하기도 하다.

만약 여행을 한다면, 제일 먼저 가고 싶은 나라는 일본이다. 이어서 베네치아, 독일, 스페인, 벨기에, 폴란드, 크로아티아, 그리스, 터키 등을 순으로 여행하고 싶다. 딱히 특별한 이유가 없다. 단지 일본은 애니메이션 왕국이기에, 그리스는 하얀 건물들과 뮤지컬 맘마미아 촬영지이고, 벨기에는 와플 먹고 싶고, 독일은 베를린 장벽을 보고 싶고, 베네치아는 곤돌라를 타보고 싶고, 유리 공예 작업장을 보고 싶기 때문이다. 지금 여행에 관한 글을 쓰고 있는 동안에도 너무나도 가고 싶어서 잠을 못 이룰 만큼 몸이 떨린다. 가슴의 두근거림도 멈추지 않는다. 꿈꾸는 것만으로도 소용없을 정도로.

또한 다녀온 나라에 가족을 데려가서 여행을 하거나 친구들을 데리고 한 번 더 다녀오고 싶다. 내가 살고 싶은 곳을 정하여 거기에 꿈꿨던 집을 짓고, 애완 동물들을 기르며 살고 싶다. 그리고 여행할 때마다 사진을 찍고, 그 사진과 편지를 가족이나 친구에게 써서 보내거나, 내가 그린 그림을 벽에 붙이거나 맘에 드는 장식품을 사는 등 여러 가지의 활동을 여행을 통해서 하고 싶다.

이렇게 자유로운 여행을 했다는 흔적을 남기는 것을 일기 말고 다른 것으로 표현하는 난 유리병 편지에 여행 흔적을 남기고 싶다. 받는 사람은 없지만, 편지에 하루의 일과를 기록하는 것이 나에게 더 편한 일인 듯했다. 노트마다 1장씩 글을 기록하는 것보다 닿지 않는 누군가에게 나의 일상을 말해 주는 느낌이 들었기 때문이다. 지금도 이 글에 여행에 대한 바람과 소소함을 부여한다.

이경희의 어떤 하루

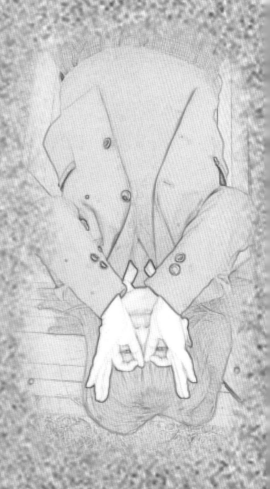

매운 맛 극복하기

나는 매운 걸 되게 못 먹었다. 한 번 잘못 먹었다간 혀에 불이 나서 물 한 통 마시기는 기본이고 이리저리 방방 뛰며 난리를 친다. 매운 걸 싫어하고 못 먹으니 라면도 면만 건져 물에 풀어먹고 국물은 입도 안 댔다. 심지어 김치도 물에 씻어서 먹었다. 그만큼 매운 걸 못 먹고 꺼려했는데 언제부터인가 내가 매운맛에 눈을 뜨기 시작했다. 정확한 계기는 무엇인지 모르겠지만 이유는 있다. 이 세상에는 맛있는 음식이 너무나도 많은데 내가 이 매운맛을 못 먹어 그 음식들을 놓칠 수 없기에 매운맛에 도전 의식이 생긴 것이다.

하지만 내 입맛은 달고 짜고 맵지 않은 달콤한 양념이 배어있고 간이 짭짤하게 맞춰진 음식에 길들여져 있었다. 역시 시작은 어려웠다. 찜닭이었나? 매운 음식인 걸 알지만 너무 맛있게 보여 눈 딱 감고 먹었다. 맛은 있었다. 하지만 매운 맛이 음식 맛을 느끼는 것 이상이었다. 슬슬 반응이 올라오고 물을 찾았다. 얼굴이 화끈한 채로 물을 컵에 따르지도 않고 벌컥 벌컥 마셨다. 좀 진정이 된 줄 알았으나 입속이 더 후끈해졌다. 물 한 통을 다 비우고 나서야 매운 맛이 가라앉았고 나는 물로 채워진 빵빵한 배를 부여잡고 그대로 주저앉았다. 그날 나의 저녁은 물이었다.

마음을 다 잡고 내가 못하는 것에 도전했는데 돌아오는 결과가 이러니 매운 음식은 괜히 더 겁나고 무서워졌다. 그래서 한동안은 매운 음식을 보지도 못하고 입에 대지도 않고 멀리했다. 그렇게 매운 음식을 피하고 있다가 내가 나이를 몇 살 더 먹었을 때, 매운 맛은 다시 나에게 나타났다.

우리 집 앞 중국집에 짬뽕이 그렇게 맛있다고 하기에 가족들과 먹으러 갔다. 되게 맛있게 보여서 얼른 먹었다. 와! 엄청 맛있다, 하는 순간 매운 맛이 올라왔다. 얼굴이 달아오르고 큰일 났다 하고 물을 마셨다. 맵지만 짬뽕이 맛있으니 멈

출 수 없었다. 물 마시고 짬뽕 먹고를 반복해 걷기가 힘들 정도로 배가 빵빵해졌
지만 그래도 매운 음식을 다 먹은 내가 신기했다. 다음번에도 먹을 수 있겠다는
생각이 들었다.

그리고 그 짬뽕을 물 없이 먹은 날, 나는 매운 맛의 묘미를 깨달았다. 매운 맛
으로 인해 땀이 나고 혀에 불이 나고 온몸이 후끈후끈 한데 그걸로 인해 스트레
스가 풀리고 묵은 체중이 싹 내려가는 느낌이 되게 좋았다. 그건 새로운 세상을
만난 것 같았다. 나는 이제 온몸으로 느끼며 매운 음식을 먹는다.

이 좋은 걸 나는 너무 늦게 알았네.

두 번째 이야기

울 아빠

"엄마 아빠 중에 누가 좋아?"

그러면 모든 사람들이 망설이듯 나에게도 그 질문은 어렵다. 왜냐면 나는 엄마, 아빠 둘 다 좋으니깐. 엄마, 아빠 똑같이 좋아하지만 나는 아빠에 대해 얘기하려고 한다.

나는 아빠가 좋다. 보통 내 주위의 친구들을 보면 자신의 아빠를 어려워하거나 무서워하거나 가깝고 친하게 지내지 못하는 모습을 종종 볼 수 있다. 하지만 나는 아빠가 편하고 친구 같아 좋다. 우리 아빠는 전형적인 경상도 남자라 무뚝뚝한 게 좀 흠이지만 그래도 나는 그게 매력이라 생각한다.

아빠는 앞서 말했듯이 무뚝뚝하지만 내가 한 말을 흘려듣지 않는다. 내가 "과자, 과자" 노래를 부르면, "네가 사와!" 이러지만은 언제 나갔다 왔는지도 모르게 과자와 군것질거리들을 한 봉지 사 온다. 그리고 엄마가 좀 빡빡한데 비해 아빠는 프리하다. 나나 오빠가 어디를 간다고 멀리 놀러 간다고 그러면 엄마는 백만 가지 걱정을 하시지만 아빠는 항상 허락해 주신다. 그렇게 해서 어디를 놀러 가게 되면 짠순이 엄마 몰래 돈을 더 챙겨 주기도 하신다.

무엇을 사고 싶다 갖고 싶다 먹고 싶다 하면은 내 편에 서주는 것이 아빠이다. 아빠는 밥도 지을 줄 알고 가끔씩은 집안일도 하고 라면도 잘 끓이고 운전도 되게 잘 한다. 하지만 주말만 되면 아빠는 잠만 잔다. 물론 지금이야 새벽 일찍 출근해 저녁 늦게까지 일하니 이해하지만 어릴 때는 놀러간다고 그래놓고 잠만 자고 나랑 놀아주지도 않으니 잠만 자는 아빠가 미웠던 기억이 있다. 아빠는 입맛도 나랑 비슷해서 과자, 아이스크림을 진짜 좋아한다. 그래서 그게 좋다. 엄마는 안 좋다 먹지 말라 하는 과자도 아빠 뒤에만 있으면 언제든지 섭취가 가능하다.

나는 엄마보다는 아빠를 닮았는데 그것도 내가 아빠를 좋아하는 이유 중 하나이다. 나이에 비해 아직 건강하시고 동안에다가 술, 담배도 안 하는 우리 아빠 최고!

12년

맞벌이 엄마 아빠, 바쁜 엄마 아빠

그래서 나와 항상 같이 있어주신 할머니. 나는 할머니를 잘 따르고 할머니를 좋아했다. 할머니도 나를 많이 아껴주시고 예뻐해 주셨다. 가끔은 할머니께 성질도 내고 화도 내고 못된 짓도 하고 그랬는데 지금 와서 생각해 보면 나는 할머니 속을 많이 썩인 못된 손녀였던 것 같다.

할머니와 같이 밥을 먹고 할머니 옆에 꼭 붙어 잠을 자고 할머니가 가는 곳마다 나도 따라다니며 할머니와 같이 TV를 보고 학교에서 마치고 돌아오면 항상 반겨주고 내가 먹고 싶어 하던 과자를 사 오던 할머니. 할머니와 같이 처음으로 먹어봤던 짬뽕. 할머니가 사준 찐빵. 할머니가 잘 말아 주셨던 국수. 할머니와 항상 같이 했고 할머니는 항상 내 옆에 있었다.

방학이 되거나 학년이 끝나면 교과서나 짐들을 집으로 다 가져가야 할 때 다른 친구들은 엄마가 오는 경우가 많았다. 그런데 나는 엄마, 아빠는 일하지, 연락할 데도 연락할 방법도 없지, 그렇게 양손 가득 짐을 들고 차마 학교 밖으로 나가지 못한 채 서성이면 바퀴 달린 장바구니를 덜덜덜 하며 끌고 오던 할머니. 비가 오는데 우산을 가져오지 못한 날이면 저 멀리서 품에 작은 우산 들고 내 이름을 크게 부르던 할머니. 하얀 병실에서 하얀 침대 위에서 하얗게 샌 머리로 나를 바라보던 마지막 모습으로 남은 할머니.

그렇게 내가 태어나고 할머니와 함께 한 12년. 내게 남은 것은 학교 마치고 돌아왔을 때 나를 반겨주는 이가 없다는 공허감과 곳곳에서 발견되는 할머니의 커다란 빈자리. 그 12년이 이제는 서서히 희미해져 가는 듯하다. 나는 새겨두고 간직하고 싶은데 슬프게도 머릿속에서 기억해내질 못 한다. 12년이 더 무뎌지지 않게 잠깐이여도 좋으니 할머니와 나의 시간들을 떠올려 본다.

봄, 가을, 겨울

봄, 가을, 겨울 다 좋다. 하지만 여름은 싫다. 왜냐하면 여름은 더우니까 더워도 너무 더우니까. 쉬지도 않고 울어대는 매미소리, 타들어 버릴 것만 같은 햇빛에 송글 송글 맺히는 땀방울, 얼굴부터 발끝까지 끈적끈적 툭 하고 건드리면 펑하고 터질 것만 같은, 가만히 있어도 짜증과 예민함이 솟구치는 날씨가 다 마음에 들지 않는다. 정말로.

이 뿐이면 내가 말을 안 하지, 특히나 내가 살고 있는 대구는 기본적으로 30도를 넘고 40도 까지도 웃도는 뜨거운 도시이다. 여름을 질색하는 나에게 아주 적합하지 못하다. 더워도 정도껏 더우면 모를까 지나치게 덥다. 여름에는 선풍기와 한몸이 되어 얼음을 섭취하며 살아간다. 정말 에어컨을 틀지 않고서는 안 되겠다 싶을 때 에어컨을 튼다. 북극곰들을 생각하며 적정온도 지키면서 말이다.

무더운 여름에 학교에 가는 것이란 다행스럽게도 틀어주는 에어컨과 손꼽아 기다리는 여름방학을 위안 삼아 가는 것. 여름 방학은 참 소중한 존재이다. 여름 방학이 되면 집과 한 몸이 된다. 베란다로 보이는 익어가는 아스팔트를 보면 나갈 엄두가 안 난다. 집에 있어도 더운 건 마찬가지이지만 그냥 가만히…… 계속 가만히 있으면 그나마 괜찮다. 어쩌다 외출 하게 되면 에어컨이 빵빵한 패스트 푸드점이나 카페, 노래방등 실내에서 주로 논다. 여름의 밖은 놀 곳이 못 된다.

봄이 되면 다가올 여름을 걱정하고 가을이 되면 겨울 지나 봄 지나 맞이할 여름을 걱정한다. 그만큼 여름은 나에게 스트레스이다. 추우면 옷을 더 껴입으면 되지만 더울 땐 옷을 벗어도 다 벗어도 덥다. 만사가 힘들고 귀찮은 여름 너무나도 싫은 여름 나에겐 영원히 비호감이다.

꼬끼오

집에서 TV를 보고 있는데 엄마한테 전화가 왔다. 지금 집에 가는 길인데 닭발 사갈까 하는데 닭발 먹을래? 라고 물으신다. 닭발?? 전부터 먹어 보고 싶은 호기심이 있었기에 먹겠다 하고는 사 오라고 그랬다.

얼마 지나지 않아 엄마가 닭발을 사들고 집에 왔다. 이름 그대로 닭발. 닭의 발이니 조심스럽게 뚜껑을 열었다. 오 마이 갓! 상상 그 이상으로 징그러웠다. 내 머릿속에서 닭들이 "꼬끼오" 거리며 뛰어노는 것 같아 바로 뚜껑을 덮었다.

한참 동안 그렇게 경악하며 있다가 내 저녁이니깐, 나는 지금 배가 고프니깐 어쩔 수 없이 뚜껑을 다시 열어 닭발을 마주했다. 봐도 봐도 적응 안 되는 비주얼이다. 엄마가 닭발 앞에다 두고 제사 지내는 나를 내버려 두고 위생장갑을 딱 끼고 닭발 하나를 집어 입에 쏙 집어넣었다. 내 표정은 말도 안 되게 일그러지고 엄마가 이런 사람이었나 싶었다.

한번 먹어보고 싶은 음식이었고 내가 먹겠다고 엄마가 사 온 건데 언제까지 이렇게 대치만 할 수 없다. 음식에 대한 예의도 아니지. 비장하게 위생장갑 끼고 닭발 하나 집었다. 잠시 손이 멈칫하긴 했지만 눈 딱 감고 닭발을 뜯었다. 그렇다. 나는 비위가 약한 사람이 아니었다.

머릿속에 닭은 개뿔. 장난 아니게 맛있다.

나는 왜 이제야 닭발을 먹게 된 것인가? 지난 세월들을 후회 하게 됐다. 매콤하면서 달콤하고 쫄깃쫄깃 한 게 정말 맛있다. 어디서 본 건 있어가지고 주먹밥에 계란찜까지 갖춰 먹었다. 닭발 양념에 주먹밥을 찍어 먹으면 이게 진짜 맛있고, 묘미다. 누가 말해 줬었는데 닭발은 두뇌 개발에 좋고 피부미용과 관절염에도 좋다고 그랬다. 맛도 좋은 게 건강에도 좋네. 이렇게 닭발을 생각하니 군침이 돈다. 다음에는 무뼈 닭발을 먹어보고 싶다. 뼈 있는 게 진리이긴 하지만 한입에 쏙 넣어 오도독오도독 씹어 먹어 보고 싶다. 우리 집 앞에 있는 닭발 가게 단골이 될 것만 같은 예감이 든다.

미나경의 어떤 하루

첫 번째 이야기
여드름

내 피부는 여드름이 있는 피부이다.

그래서 속상하다. 왜냐하면 볼에 나 있는 피부 여드름 때문에 얼굴이 빨게 보이기 때문이다. 여드름이 진정된다 싶으면 다시 또 여드름이 생기고 기름진 음식이나 인스턴트 음식을 먹으면 다시 많이 나기 때문이다. 나는 기름도 많은 지성피부라 여드름이 더 많이 나는 것 같다. 가끔씩 코 부분에 많이 나는데 만지면 아픈 여드름도 있어서 만지면 코도 빨개지고 멀리서 보면 술에 취한 사람 같다. 고등학교 1학년 초에는 여드름에 대한 스트레스가 있어서 피부에 항상 BB크림을 바르고 다녔다. 얼굴에 자꾸 바르면 나는 걸 알면서도 바르고 다녔다. 그리고 여드름이 나면 엄마한테 피부과를 가자고 졸랐었다. 근데 요즘 들어 얼굴에 아무것도 안 바르고 다니니까 얼굴에 여드름이 많이 가라앉아 기분이 좋았다.

그런데 얼마 전에 생긴 입 주위에 난 여드름 하나를 잘못 관리해 갈색으로 흉터가 되었다. 이 흉터는 갈색이라 잘못 보면 점처럼 보여서 신경이 많이 쓰인다. 또 잘못 관리해서 여드름 있던 부분이 파여 울퉁불퉁하게 되지 않을까 걱정도 많이 되 여드름이 있는 부위를 쉽게 건드리지 못한다. 근데 최근에 여드름이 나면 붙이던 여드름 패치가 오히려 흉터를 만든다는 소리를 듣고 절망스러웠다. 여드름 패치가 피부에 나있는 여드름을 가라앉혀 주는 걸로 알고 있었는데 흉터가 생긴다니까 쓰기 꺼려졌었다.

빨리 여드름이 다 없어지고 뽀송뽀송한 피부가 돼서 여드름 걱정 없이 지내면 좋겠다.

두 *번째* 이야기
거울과 꼬리빗

거울은 학교를 다니는데 꼭 필요한 물건이다. 거울은 내 얼굴을 보여주는 물건이지만 왠지 안 보면 안 될 거 같은 물건이다. 내 얼굴이 예쁘진 않지만 계속 보고 싶어진다. 다른 반에는 거울이 다 있지만 우리 반에는 거울이 없어서 더 필요한 게 손거울이다.

거울로 내 얼굴을 확인하고 뭐가 묻었을 때나 묻었을 것 같을 때 특히 더 보고 싶어진다. 자꾸 선생님들이 수업시간에 거울을 보면 빼앗는다 할 때 그럴 때가 싫다. 큰 거울을 보면 들키기 때문에 나는 작은 손거울로 몰래몰래 본다.

또 꼬리빗도 꼭 필요한 존재이다. 바람이 불 때나 뛰면 머리가 헝클어지기 때문에 꼭 필요하다. 마찬가지로 수업시간에 빗이나 거울을 보면 선생님들께서 뭐라고 하신다. 물론 빗과 거울을 선생님들이 수업하실 때 쓰면 안 되지만 왠지 수시로 머리를 빗고 싶고 거울을 보고 싶게 된다.

가끔씩 거울을 보면 내 얼굴이 마음에 안 들어 성형하러 가고 싶다는 생각도 많이 한다. 예를 들어 눈은 쌍꺼풀 수술을 하고 싶고 턱을 V자로 만들고 싶고, 보조개도 만들고 싶고 거울을 보면 그런 생각도 하지만 그냥 자꾸 보고 싶어지는 것 같다.

솔직히 거울을 보는 이유는 생각해 보면 딱히 아무 이유가 없는 것 같다. 근데 거울은 실제 얼굴과 거울로 보는 얼굴과 차이가 있다고 한다. 사람들 중 95% 이상이 오른쪽 얼굴보다 왼쪽 얼굴이 더 잘생기거나 예쁜데 거울 속 내 모습은 반대로 보이기 때문에 왼쪽 얼굴이 진짜 나라고 생각하게 되지만 실제로 사람들은 오른쪽 얼굴이 진짜 나라고 생각한다고 한다. 이 이야기를 듣고 진짜 내 얼굴은 어떨지 궁금해졌다. 나의 진짜 모습을 거울이 보여줬음 좋겠다.

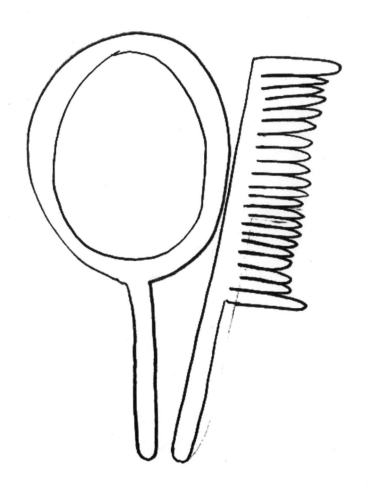

다이어트

인생을 살아가면서 음식은 꼭 먹어야 한다. 음식은 인생에서 살아가면서 제일 중요한 것 같다. 예를 들어 고기나 치킨은 인생에서 제일 중요한 음식이다.

이 세상에 음식 중에는 많은 종류가 있다. 그 종류 중에 짜장면, 탕수육, 짬뽕, 치킨, 아이스크림, 해장국, 떡볶이, 튀김, 고기, 삼겹살, 한우, 피자, 콜라, 사이다, 환타 등 맛있는 게 매우매우 많다.

먹고 싶은 음식은 많지만 저걸 다 먹는다면 살이 쪄서 지금처럼 다이어트를 해야 한다. 다이어트를 하다 보면 먹고 싶은 음식들이 많지만 다 먹지 못한다. 보통 맛있는 음식은 칼로리가 높기 때문에 먹었다간 뺐던 살도 다시 늘어나서 먹기 조심스러워진다. 다이어트를 하면 6시 이후에는 음식을 먹으면 안 된다. 학교를 마치고 집에 갈 때가 5시인데 결국 집에 가면 음식을 먹지 못하고 그날은 그 뒤로 아무것도 먹지 못하고 굶는다. 점점 굶다가 얼굴살이 빠지면 또 먹기 시작해서 또 살이 찐다. 결국 이렇게 다이어트는 망하게 된다.

나도 살이 안 찌는 체질이었으면 좋겠다. 그래서 결국 지금도 다이어트를 하고 있지만 집에 가면 6시 이후에 계속 먹는다. 나는 정말 절제력과 자제력이 없는 것 같다. 우리 엄마는 항상 나에게 저 살 좀 보라며 놀리신다. 그러면 나는 음식을 더 먹는다. 이래서 계속 살이 찌는 것 같다. 얼굴살 때문에 사진을 찍으면 얼굴도 커 보이고 볼살 때문에 이상한 사람인 것 같다. 그래서 빨리 꿈의 몸무게 45kg이 돼서 얼굴살도 빠지고 전체적으로 살이 빠져 더 예뻐지고 싶다. 하지만 다이어트를 하면서 느낀 건 역시 작심삼일인 거 같다. 삼일도 못가 하루면 끝이 난다. 다이어트를 하려고 마음먹으면 엄마가 치킨을 시켜주신다 그래서 또 다이어트는 망한다. 그렇게 내 다이어트는 늘 성공하지 못할 거 같다.

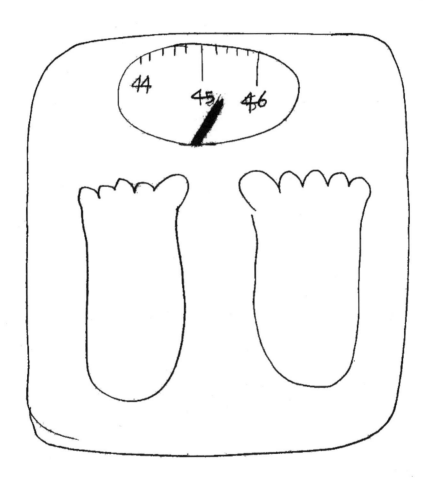

화장

우리 학교는 화장과 치마 길이를 단속 한다.

처음에 우리 중학교 옆의 고등학교 언니들을 보고 화장도 마음껏 할 수 있을 거라고 생각하고 학교에 왔는데 화장을 하지 못하게 했다.

처음에는 여드름을 가리고 처음 보는 친구들에게 잘 보이려고 화장을 했다. 그런데 과학 선생님이 화장 하지 말라고 벌점을 주셨다. 하지만 나는 안 바를 수가 없었다. 그때는 한참 피부에 여드름도 많이 올라오고 피부도 다 올라와 안 바르고 다닐 수가 없었다. 하지만 지금은 피부가 많이 가라앉아 안 바르고 다니지만 지금 생각해 보면 한참 벌점을 받으면서까지 화장을 하고 다니는 내가 이해가 안 갔다.

그리고 학교에서 단체로 체험활동을 갔는데 학교가 아니라 다른 곳에 가니까 그날은 화장을 했다. 그런데 점심시간에 1학년 선생님들이 한 줄로 서서 화장하던 애들을 잡아 화장실로 데려가 다 씻고 벌점을 넣으셨다. 그때는 정말 선생님이 야속하고 그렇게까지 하셔야 하는지 도무지 이해가 안 갔다. 밖에서까지 그러는 건 좀 아닌 것 같았다. 또 입술이 빨갛지도 않은데 빨갛다고 잡는 경우도 있고, 어느 날 갑자기 화장품, 소지품 검사를 해서 가지고 있던 화장품을 다 가져갔다. 그래서 그 뒤로 화장품을 바르지 않는 결정적인 계기가 되었다.

학교에서는 잡아도 어디 나갈 때나 특별한 활동이 있었을 때는 예뻐 보이고 싶은 우리의 마음도 알아주고 좀 봐주었으면 좋겠다.

급식

다섯 번째 이야기

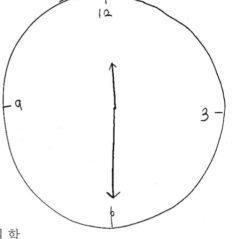

학교에 있으면 급식 먹으러 학교 왔다는 말이 생길 정도로 학교생활을 하면서 급식은 정말 중요하다.

고등학교에 와서 처음 먹은 급식은 맛이 없었다. 중학교 급식이 맛있기로 소문났을 정도로 맛있어서 우리 고등학교 급식이 별로 맛없게 느껴졌었다. 우리 학교는 수요일마다 맛있는 게 나온다. 수요일이 다른 날과 다른 점은 정말정말 맛있는 것들만 나온다. 예를 들어 치킨 마요 덮밥이나 매점이 없는 우리 학교에 빙수가 나오고 음료수 요구르트가 나온다. 그래서 난 수요일이 제일 좋다.

하지만 아무리 수요일이라도 맛없게 나오는 날도 많다. 이번 주 수요일에 나온 급식은 자장밥, 짬뽕국, 비빔만두, 썬업이라는 음료수가 나왔다. 엄청 기대하고 급식실로 뛰어갔지만 급식은 생각보다 맛이 없었다. 우리 학교는 맛없어 보이는 날이 맛있는 경우도 많고 음식 메뉴 이름은 거창한데 맛없는 경우가 은근 많다. 그래서 기대한 날이 맛없는 메뉴가 많다. 어떤 날은 급식보다 요구르트가 더 맛있었다.

내가 나중에 학교를 만든다면 라면이랑 치킨이랑 외국어고등학교 같이 다양하고 맛있는 음식을 급식으로 줄 것 같다. 학교급식에는 왜 라면이 없는지 모르겠다. 또 가끔 햄버거도 나오고 피자도 많이 나왔으면 좋겠다. 저번에 한번 급식에 피자가 나왔었는데 정말 맛있었다. 항상 그렇게 맛있는 음식만 나왔으면 좋겠다.

또 우리 학교는 남자 학생은 많이 주고 여자 학생은 음식을 많이 남긴다고 조금만 준다. 그래서 맛있는 반찬은 조금만 받는다. 우리도 맛있는 음식은 안 남기고 다 먹을 수 있는데 왜 조금만 주는지 모르겠다. 우리도 남자들처럼 많이 먹는데 조금만 주지 말고 똑같이 많이 줬으면 좋겠다.

학교에 앞으로 맛있는 음식이 많이 나왔으면 좋겠다.

장지혜의 어떤 하루

첫 번째 이야기
초콜릿

보통 초콜릿과 사탕 중 뭐가 좋으냐고 물으면 나는 초콜릿이 좋다고 한다. 초콜릿은 사탕보다 더 부드럽고 내 인생에 없어서는 안 될 존재였다. 그만큼 좋아했는데 이젠 줄여가고 있다. 처음에는 슬펐지만 점점 줄일 수 있게 되었다.

간식으로도 초콜릿, 슬플 때도 초콜릿, 기분 좋을 때도 초콜릿, 슈퍼 가면 초콜릿, 항상 초콜릿만 찾고 맨날 먹었다. 초콜릿에 정말 미쳤을 때는 초코우유에 초코빵에 초코바에 초콜릿에 초코 아이스크림에 초코과자에 초코가 들어간 건 다 사 먹었던 거 같다.

그런데 초콜릿을 많이 먹으면 지금 당장은 아니겠지만 몇 년 뒤에 살이 많이 쪄 있을 거라는 전문의의 말을 듣고 이제는 초콜릿을 줄여가고 있는 중이다.

초콜릿은 크게 고급 초콜릿과 준 초콜릿과 이미테이션 초콜릿 세 가지로 나뉘는데 고급 초콜릿은 밀크 초콜릿과 다크 초콜릿, 그리고 화이트 초콜릿으로 나뉜다. 준 초콜릿은 값이 싸고 열에 강한 대량 생산되는 초콜릿이다. 이미테이션 초콜릿은 빼빼로나 케이크 장식용 같은 가짜 초콜릿이다.

그리고 초콜릿은 한순간의 포만감을 채워주지만 나중에 오히려 더 배가 고파지고 그런 게 있다는데 정말 그렇다. 초콜릿을 먹고 나면 뭔가 배가 더 고파져서 뭔가를 더 먹게 되는 거 때문에 초콜릿은 후식으로 먹는 게 좋은 거 같다.

크든 작든 달든 씁쓸하든 안에 뭐가 들어가 있든 겉에 뭐가 발려져 있든 많이 먹으면 안 좋지만 가끔씩 먹기에는 정말, 초콜릿이 좋은 거 같다.

두 번째 이야기

그리움

살다 보면 예전으로 돌아가고 싶다거나 누군가 갑자기 보고 싶어진다는 마음
이 들기도 한다. 그렇게 그리워하다 보면 괜히 더 슬퍼지고 더 생각나게 되고 더
보고 싶어지게 된다.

상대는 정말 잘해 줬었는데 자기가 못해 줘서 미안하고 후회돼서 기억에 남는
사람이라든지 정말 보고 싶은데 볼 수 없게 돼서 보고 싶어도 못 보게 된 사람이
라든지 추억이 있는 곳으로 다시 가보고 싶다는 등 그리움을 느끼게 될 일들은
많다.

'그때'를 생각하면 정말 후회되고 이제는 더 잘해 줄 수 있는데……' 라는 마
음도 들게 된다. 뭔가 더 특별히 미안하거나 후회되고 그러면 그리워하게 되는
거 같다. 그리워도 언제든지 보려고 하면 볼 수 있다면 덜 한데 보려고 노력해도
못 본다면 정말 더 그리워하게 될 거다.

계속 그리움에 빠져 있다 보면 슬픈 노래를 찾게 되고 계속 듣다가 자기 상황
과 마음에 정말 와 닿고 똑같을 정도로 비슷한 노래를 찾게 되면 뭔가 모를 기쁨
을 느끼게 된다.

그리고 글을 읽다가 자기 마음과 비슷해서 더 위로되는 그런 글귀가 있다면
또 거기서 뭔가 위로가 되면서 기쁨을 느끼게 된다.

영화나 드라마나 영상들을 보고 자기가 힘들어하고 있는 여러 가지 것들과 비
슷한 장면이나 대사가 나온다면 그 드라마만 보게 되고 나중에 어떻게 끝이 날
지 엔딩을 기다리며 쭉 보게 되기도 한다. 그렇게 그리움을 잊으려 노력하다가
자신과 비슷한 상황에 처한 드라마나 영화나 글이나 노래를 듣게 되어 위로가
되고 마음에 든다면 또 거기서 소소한 기쁨을 느끼게 되고 결국 서서히 괜찮아
지게 된다.

하지만 영영 잊히지는 않는다. 지금은 괜찮아져도 나중에 또 무엇을 하다가 또 생각나고 그리워하게 돼서 또 그렇게 노래나 글 등을 찾게 되는 게 반복된다.

시간

시간은 24시간 똑같이 흘러가는데 사람마다 그 시간이 짧다고 생각하는 사람들도 있고 길다고 생각하는 사람들도 있다. 또는 시간이 빠르다고 보는 사람들도 있고 느리다고 하는 사람들도 있다.

짧다고 생각하는 사람들은 그 시간이 재밌어서 또는 그 시간만 지나면 좋은 게 있어서일 것이고 시간이 길다고 생각하는 사람들은 그 시간이 지루할 것이고 시간이 빠르다고 생각하는 사람들은 뭔가에 푹 빠져 있어서거나 바쁘게 살아가느라 시간이 가는 줄 모를 것이고 시간이 느리다고 생각하는 사람들은 할 일이 없거나 지루한 시간을 보내고 있어서일 것이다.

그리고 시간이 멈췄으면 하는 사람들은 그 순간이 행복해서거나 그 시간이 지나는 게 아쉬운 것일 거고 시간이 빨리 지났으면 하는 사람들은 그 순간이 너무 견디기 힘들거나 할 일이 없어서일 것이고 시간을 되돌리고 싶은 사람들은 그때가 지금보다 좋아서 그리워서일 것이다.

사람에겐 누구나 행복했던 순간, 힘들었던 순간들이 있다. 시간이 지나면 괜찮아질 거라는 말도 있듯이 시간이 지나는 건 당연하지만 결코 무시할 수 없다. 시간이 지나는 걸 모르고 살다가 뒤늦게 깨달았을 땐, 때론 그 시간이 너무 소중하거나 때론 너무 아프다. 시간이 지나고서야 아쉬워하기에는 늦었다. 나중에 정말 울면서 '그때 왜 그랬을까' 하며 후회하지 않게 그 시간을 잘 보냈으면 한다. 그렇게 아프고 힘든 시간들을 잘 참고 견뎌내면 우리는 더욱 성숙해지고 아픔에 점점 더 무뎌져간다.

그리고 시간이 지나면 익숙함에 변하기도 한다. 사람의 마음도 변하지만 물건의 가치도 바뀐다. 예전에는 정말 쓸데없는 물건이었어도 시간이 좀더 지나면 갑자기 가치가 쑥쑥 높아지는 물건이 있듯이 과거, 현재, 미래는 누구도 알 수 없다.

　사람마다 자기만의 시간이 필요하기도 하다. 생각할 시간이 필요하다고들 한다. 그렇게 시간이 지나는 것은 중요하다. 시간이 지날수록 생각하는 깊이가 깊어지고 그런 시간이 지날수록 '나' 뿐만 아니라 다른 사람들도 달라지기 때문에 우리의 미래 시간은 예측할 수 없다.

행복하다고 생각하며 사는 것

어떻게 생각하느냐에 따라 자기가 행복하다고 느끼기도 하고 불행하다고만 느끼기도 하고 그냥저냥 평범하다고만 느낄 수도 있다고 본다.

그래서 생각하는 것에서 바뀔 바엔 이왕이면 긍정적으로 행복하지 않아도 행복하다고 생각하거나 소소한 것에서 행복을 찾아가며 행복하다고 생각하며 살아가는 게 좋을 거 같다.

아무리 생각해도 행복하다고 생각하기 어렵다면 정말 자신보다 힘들게 살아가는 사람들을 보고 '다행이다.' 라고 생각하면서 아, 이 정도면 행복한 거구나 또는 무엇 때문에 슬프거나 힘들고 그런지 알고 다른 데서 행복을 찾거나 아예 그 자체를 힘들다고 생각하지 않고 원래 그렇게 살아가는 거라고 생각하고 다른 곳에서 행복을 느끼며 그거만 생각하며 행복하다고 느끼는 것도 좋은 거 같다.

세상에 행복하기만 하면서 사는 사람은 없고 누구나 다 어렵게 살아가고 있으니 그것에 적응해나간다고 생각하며 산다면 행복을 느끼기가 쉬워지는 거 같다. 힘들다고 거기에 얽매여서 계속 힘들어하는 것보단 더 넓게 보고 다른 것에서 행복을 느끼며 살아가는 게 좋은 거 같다. 그렇게 못한다면 모든 사람들이 다 힘들어서 죽었을 것이다. 각자 다른 이유로 힘들어 하지만 본인이 그런 일을 당한다고 생각하면 힘들어하는 건 마찬가지고 내가 힘들다고 그렇게 힘든 거만 생각하고 힘들어하기만 하는 거보단 그냥 내가 다른 사람들보다 행복하지는 않더라도 그냥 행복하다고 생각하면서 살아가는 게 좋은 거 같다.

다섯 번째 이야기
변화

살다 보면 사람은 변한다. 어떠한 상황에 처했느냐, 누구를 만나느냐, 어떤 일을 겪어봤느냐에 따라 사람은 바뀔 수 없었던 것들도 바뀌게 된다.

영원히 바뀌지 않을 거라 생각했어도 어떤 작은 무언가로 인해 쉽게 바뀌기도 한다. 중요한 건 언제 어떻게 뭐 때문에 변하게 될지 모른다는 거다. 사람마다 느낀 것에 대한 생각이 다르니까 더 모른다. 생각보다 사람이 변하는 건 하루 이틀 사이 일이라고 할 수도 있겠다.

그런데 사람은 상대가 하기 나름인 거 같다. 아무리 이러이러한 사람이라도 상대가 잘 하면 그 사람도 상대에게 잘 해주려고 할 것이고 사람은 하기 나름이다. 그래서 사람마다 성격이나 말투나 행동 표정 그런 게 똑같지 않고 다른 거 같다. 본연의 분위기는 바꿀 수 없더라도 표정이나 말투 정도는 충분히 바꿀 수 있는 거 같다. 사람마다 다 다르고 그게 한순간에 바뀔 수 있다는 게 정말 신기한 거 같다.

식물도 물을 얼마만큼 주느냐, 햇빛은 얼마나 쬐냐에 따라서 흙이 마르거나 촉촉하거나 축축하거나 썩거나 식물이 죽거나 살아있거나 애완동물에게 밥을 많이 먹여서 통통하던지 적게 줘서 마르던지 정상이던지 상태가 다르듯이 사람도 그 사람이 하기 나름인 거 같다.

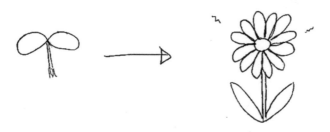

배세희의 어떤 하루

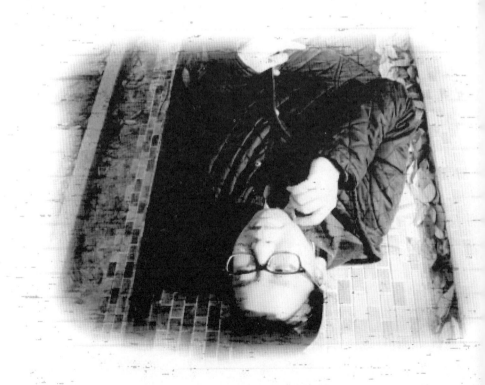

첫 번째 이야기
간식

내 어렸을 때만 하더라도 현재의 다소 전형적인 느낌의-이건 어디까지나 나의 생각일 뿐, 사람의 생각은 천차만별이라 의견이 다를 수 있다- 간식들과 달리 먹는 방법이나 생김새 등이 특이해 아이들의 시선을 끌었던 것들이 많았었다.

가령 안에 자그마한 장난감이 들어 있는 알 모양의 초콜릿이라던가, 고무 재질 주머니 속에 꽉 채워진 아이스크림, 껌 테이프, 플라스틱 반지에 꽂힌 사탕이나 양옆에 구멍이 있는 길고 가느다란 원형 막대 속에 꽉 채워진 과일 젤리, 화려한 빛깔을 띤 기다란 끈 형태의 젤리 등등…….

용돈이 생기기만 하면 다른 것은 할 생각도 없이 군것질부터 먼저 하기도 하고, 늘 무엇을 먹을까 고민하기도 하였었는데…….

요즈음 나오는 과자들은 뭐랄까, 그 당시의 것들처럼 먹는 방법이나 생김새만 살펴봐도 그리 참신하다고 느껴질 만한 물건은 아니라는 생각만 날 뿐이다. 물론 맛의 경우에는 거의 최근 기준으로 점점 새로워지는 것 같다. 솔직히 아직 내가 먹어보지 못한 '맛'들이 많기 때문에 자세한 건 잘 모르고 있기는 하다.

생각해 보면 그 당시 추억의 과자들은 현재에 비해 맛이 썩 다양한 편은 아니었지만, 이상하게도 즐거움이 많았다. 먹는 즐거움. 가끔 인터넷 블로그 게시판에 들어가 예전에 팔았었던 '추억의 과자'라는 이름을 게시물을 보면 내가 제대로 기억하지 못하던, 혹은 전혀 모르고 있었던 간식들이 이렇게 많았었구나 하는 생각이 드는 것과 동시에 조금 낯설기도 하였다.

사실상 지금의 나 자신이 이제야 이런 생각을 떠올린다면, 다소 당혹스럽거나 기분이 묘한 것은 감출 수 없다. 하지만 시대의 흐름을 타고 유행이 변하듯 사람들의 세상을 바라보는 시선, 생각도 함께 변화하고 있다. 나는 왠지 모를 공허함에 옛 일을 끄집어내는 것이 그저 단순히 추억 놀음이나 다름없음이리라.

취미

    사람은 누구나 취미 하나 정도는 가지고 있다. 나 역시 예외는 아닌지라 어느 정도의 취미는 있다. 아니, 정확히 말하자면 나는 취미가 바뀌는 편이라 할 수 있다.

    어렸을 때는 밖에 나가 노는 것이 취미라 할 수 있었다. 취미로 볼 순 없겠지만 그 당시 취미가 무엇인지에 대해 잘 모르던 시기였던지라, 그것만이 취미라 할 수 있었다.

    좀더 큰 다음에는 동생과 함께 비디오를 빌려보는 게 취미가 되었다. 2000년대 초반, 집 근처에 비디오를 빌려볼 수 있는 가게가 있었다. 집에는 비디오 기기가 있었다. 하지만 이사를 가고 얼마 지나서인가? 가게는 없어지고, 비디오를 이용하는 사람도 줄어들어 더 이상 비디오를 틀어 볼 일이 없어져 버렸다.

    그 후 취미는 그림 그리기로 바뀌었다. 학교에서 받은 잘 읽지도 않는 가정통신문을 모아 뒷면에 그림을 그렸었다. 주로 손이 움직이는 대로 낙서를 하거나 머릿속에 든 온갖 잡생각들을 그리는 것이 전부였다. 그때 머리에 들어 있던 잡생각을 종이 위에 그려나가다 보면 마치 머릿속이 개운해지는 느낌이 들어 편안해져 조금씩 그림 그리기에 흥미가 솟아났었다. 하나 어느새 흥미를 잃어버린 듯, 나 자신조차 모르는 사이에 그림 그리는 횟수가 줄어들었다.

    취미라 할 수 있는 일 외에도 심심할 때 가끔씩 하는 일이 있기도 했다. 독서하기가 그렇고, 컴퓨터로 게임을 하거나 인터넷 서핑을 하는 것, TV 시청을 하는 일 역시 무료함을 날리는 일이라 말하겠지만 간혹 이렇게 해도 심심하기만 한 날도 존재해서 취미라고 말하지는 않는다.

    그리고 현재 나의 취미는 휴일에 먼 곳까지 걷는 것이다. 정해진 목적지 하나 없이 그저 내키는 대로 걸어가며 낯선 풍경을 보는 것이다. 하지만 이 취미 같지 않은 취미도 얼마나 오래 갈 수 있을지는 아무도 모른다. 그리고 빵 봉지 속에 든 스티커 모으기도 천천히 시행 중인 상태이다. 하지만 빵을 자주 사질 못해서 이 역시 오래 가지는 못할 듯싶다.

이렇게 쓰다 보니, 취미란 것에 대해서 다시금 깨닫고 많은 생각을 할 수 있었다. 취미는 가지는 것은 쉽지만, 그것이 몇 번 바뀌다 보면 처음 가졌던 취미가 자신에게 있어 어떻게 취미로서 다가왔는지, 취미생활을 하면서 느끼던 감정, 쌓여 있던 추억이 무엇인지……

진로

현재 나의 진로 상황은 진정 바라는 진로에 도달하기 위한 준비체계 정도로 볼 수 있겠다.

언제 어떤 직장을 갖게 될지는 아직 알 수 없다. 하지만 지금 내가 가장 걱정하는 것은 나의 적성에 맞는 직장을 찾을 수 있는가, 과연 내가 진정한 작가로 발전할 수 있을 것인가. 바로 이것이 걱정거리로 마음속에서 크나큰 자리를 차지하고 있다.

사실 부끄러움과 불안감 때문에 어느 누구에도 나의 진로에 관한 고민을 시원스레 꺼내놓고 얘기해 본 적이 없었다. 난 나 자신에 대해 이야기 나누는 것을 그다지 좋아하지 않기 때문이다. 그렇지만 사람이 스스로를 발전시키려면 더 이상 혼자 고민하는 것을 관두고 타인의 조언도 경청해야 되는 게 중요하리라 본다.

그리고 이에 대해서 몇 가지 덧붙이자면 어떻게 하든 지루하지 않고, 관심이 있고, 적성에 맞는 직장을 가지길 바라고는 있지만 문제는 이를 대비할 준비 역시 어떻게 해야 할지 막막하다. 무엇을 더 배워야 할지, 필요한 건 무엇인지, 내가 제대로 할 수 있을까…… 머릿속이 그야말로 온갖 잡동사니가 바닥에 널브러진 방처럼 복잡한 아수라장이나 다름없다. 내가 지향하는 진로가 과연 옳은 건지, 정말 좋은 선택을 한 건지, 과연 지금의 선택이 내 미래를 좌우할 것인지…….

물론 이렇게 고민만 잔뜩 하는 건 도움이 안 된다는 건 알고 있다. 그렇지만 나는 조금이라도 제대로 된 준비를 하고 싶어서 정신이 혼잡한 걸지도 모르겠다. 이제는 마음을 편히 정리하고 뭐든 할 수 있는 나를 믿으며 힘을 내보고 싶다.

용돈

나는 용돈을 제대로 아껴서 쓴 적이 많지 않았다. 가끔씩 필요한 물건을 사기 위해 조금씩 쓰지 않고 남기기도 했지만, 평소에는 나 자신의 사리사욕을 위해 쓴다는 것이다. 대부분 군것질에 쓴다는 것이 문제지만…….

사실 나도 어느 정도는 아껴 쓰려고 갖은 애를 다 쓰지만, 결국에는 실패하는 사례는 꽤나 많은 편이다. 이래저래 거추장스러운 나의 고민거리 중 하나일지도 모르겠다. 이 문제는 내가 제일 잘 알고 있는 일인지라 더더욱 고민이다.

언젠가 급히 돈이 필요하게 됐을 때를 위해서 지금부터라도 용돈을 아껴야만 한다고 몇 번이나 생각했었지만, 이상하게 제대로 지킨 적은 없었다. 이럴 때마다 나 스스로가 한심하게 느껴져 한숨만 나온다.

조금 더 정확히 말하면, 하고 싶은 것은 많지만 금전적 여유가 부족한 처지에서 나는 약간의 부조리함을 느끼는 듯 돈에 대해서 은근히 편파적인 사고를 지니고 있는 모양이다. 그 뿐만 아니라, 개인적인 욕심도 지나쳐져서 그릇에 넘쳐버릴 것 같았던 상황도 간혹 있었다.

한 번은 시내에 간 적이 있었는데, 그때 근처 백화점 지하층에 내려가 가게들을 구경하던 도중 도넛 카페가 눈에 보였다. 나는 그 안에 들어가 진열된 도넛들을 보고는 참지 못하고 도넛을 두 개 사먹었다. 몇 천 원짜리 도넛이었지만, 돈이 많지 않은 상황에서 낭비를 한 것 같아 뒤늦게 후회한 적이 있다. 어째서 매번 저질러놓고 때늦은 후회나 하고 앉아 있는지…….

이렇게 돈을 쓸모없이 쓰는 것 때문에 결정적인 시기마다 돈이 부족해지기까지 한 적도 있다. 그럴 때면 나는 갑자기 머릿속이 허전해지면서 괜스레 허탈해진다. 하늘은 높고 푸른데, 나는 왜 조금도 나아지지 않고 바보 같은 짓을 그대로 반복하며 일을 저지르는 건지 스스로에 대한 의문만 남을 뿐이다.

가족 :「엄마」

현재 우리 엄마는 이전에 걸렸던 병이-폐와 관련됐을 뿐 정확히 어떤 병인지 알고 있는 것이 없다- 다시 재발되어 병원에 입원하셨다. 언제 퇴원을 할지 모르지만, 아무래도 완치하기까지 시간이 꽤 오래 걸릴 듯 싶다.

아빠는 직장을 다니면서 엄마를 곁에서 간호해 주기 위해서 집에 들어오지 못하고 병원에서 지내야 한다. 덕분에 집은 나와 동생, 그리고 애완 고양이 두 마리와 지키고 있다. 밥은 자급자족해서 나름대로 먹으면 되고, 청소나 빨래 같은 잡일도 내가 직접 해야 한다. 남동생이란 녀석은 정리나 집안일과는 담을 쌓고 다니는 게 일상인지라 전혀 믿음직스럽지 않아서 무엇 하나 맡길 수가 없다. 그러니 엄마가 없는 동안이라도, 충분히 잘 하지는 못 하더라도 내가 어느 정도는 '엄마'라는 역할을 수행해야만 한다.

그렇게 생활하다가 지난 9월 19일 금요일, 아침에 학교에서 아빠의 연락을 통해 엄마의 수술 소식을 듣게 되었다. 나는 걱정 탓에 그날 학교를 마음이 편치 않은 상태에서 보내고 돌아왔다. 5시가 조금 넘었을 무렵, 다행히 수술은 잘 되었다고 한다.

그 후로 이틀 뒤 일요일에 아빠, 동생, 나 이렇게 셋이서 병원에 가서 외할머니와 합류해 각자 엄마를 면회했다. 내가 아빠를 제외한 세 명 중 가장 마지막에 면회를 했다. 중환자실에 누워 있는 엄마의 얼굴은 꽤나 파리해진 게 기운이 전혀 없어보였다. 내가 다가가서 엄마의 손을 살며시 잡아주며 '나는 잘 지내고 있어.', '우린 밥 잘 챙겨먹고 있으니 엄마도 밥 든든히 먹고 힘내.' 등의 말을 해주는데, 나를 올려다보는 엄마의 눈에 약간의 눈물이 맺혀 있었다. 수술 후 말을 똑바로 못하는 처지에 내게 하고 싶은 말이 있었지만 할 수 없어 웅얼거리는 엄마를 보자, 나는 말문이 턱 막혀 무슨 말을 해주면 좋을지 알 수 없었다. 그리고 왠지 서글픈 마음마저 들었다. 하지만 나는 그런 마음을 감추고는 잘 지내라는

말을 남기고 병실을 나왔다. 그래도 마음은 여전히 좋지 않았다. 외할머니 댁 근처 식당에서 고기를 먹어도 기분이 영 나아질 기미가 없었다.

그리고 몇 주 정도 지나서 병원을 다시 방문하였다. 그 때의 엄마는 머리에 크게 꿰맨 자국이 있었으며 휠체어로 거동할 정도로 몸을 혼자서 가누기 힘들어 보였다. 그 모습에 나는 또다시 서글퍼졌다. 그러면서 엄마가 정말 가여웠다.

하지만 적어도 엄마를 위해서라도 힘을 내고, 정신 똑바로 차려야 한다. 이렇게라도 나 자신에게 기합을 담뿍 불어넣어 그 기운으로 내가 대부분의 일들을 잘 수행하며 집을 지키는 것만이 몸이 좋지 않으신 엄마를 기쁘게 해주는 동시에, 다시 예전의 즐거운 우리 가족의 일상을 되돌릴 수 있을 시간을 얻는 유일한 대처방식이니 말이다. 그러니 나라도 좀더 힘들 내야겠다고 생각하지만, 어떤 때는 정신이 너무 없고 힘이 들어 왠지 화가 나기도 하고, 내 처지에 그저 마음이 울적하기도 하였다. 좀더 힘을 내서 내 할 일을 해내고 싶지만, 개인적 심리 상태에 너무 부담이 생긴 듯 나는 최근 들어 거의 마음의 신호등에 노란불이 곧 빨간불로 이향될 지경이다.

최근 들어 아주 가끔, 엄마가 이대로 오래 살지 못하실 까봐 괜히 불안하고 두려워진다. 이 때문에 홀로 가슴앓이를 끊임없이 하고 몰래 눈물까지 보이는 일도 많아졌다. 내가 이렇게 불안해 봤자 별 도움이 되는 게 아니라는 것쯤 다 아는데, 아무리 나 자신을 진정시키려 해도 한 번 마음이 일렁이면 더 큰 파도가 되어 돌아온다. 나 혼자서 이 아픔을 전부 떠안으려 해도, 스스로에게 넌지시 위로 한마디 날려도, 나는 여전히 공장 매연으로 흐려진 풍경의 일부가 된다.

그러나 나는 여전히 기다린다. 엄마가 가볍게 발을 구르며 자유로운 걸음을 밟을 수 있는 그 시절이 하루 빨리 돌아오기를, 햇볕이 부드럽게 내리쬐는 푸른 세상으로 돌아오는 그 날을……

장평은의 어떤 하루

우리 아빠

우리 아빠는 항상 친척분들을 만나면 "우리 평은이는 공부를 잘하고 착해"라고 말씀해 주셨다. 그때마다 뭔가 슬펐다. 항상 잘해야 한다고 생각하는데…… 그게 잘 안 된다. 그래서 항상 죄송하다.

나는 아빠를 좋아한다. 아빠도 나를 좋아하는 게 느껴진다. 아빠는 사소한 것까지 모두 나에게 잘해 주신다. 음식을 먹을 때는 체하니깐 꼭꼭 씹어먹으라고 해주시고, 어디 갈 때마다 잘 다녀오라고 해주고 무슨 일 있으면 바로 전화하라고 한다. 매일 하시는 말이지만 들을 때마다 항상 감동을 받는다. 나는 나중에 커서 아빠 같은 남자친구를 만날 것이다.

그리고 우리 아빠는 소위 말하는 나쁜 B형 남자이다. 아빠를 지켜보면 좀 그런 것 같기도 하다. 항상 장난이 심하시고 엄마한테 장난치시다가 잔소리를 듣기도 하고 동생한테 장난치다가 울리기도 하신다. 가끔씩 감정이 욱하실 때도 있지만 그건 동생이나 내가 매번 하던 실수를 반복 했을 때다.

그런데 내가 중학교 때 학교에서 잘못을 해서 선생님이 부모님께 전화하셨던 일이 있었다. 그때 나는 집에 들어가기 싫었다. 정말 싫었다. 왜냐하면 들어가면 분명히 혼날 게 분명하고 엄마 아빠와도 싸울 것 같았기 때문이다. 한참 동네를 돌다가 결국엔 집에 들어갔다. 그런데 아빠는 나를 혼내지 않고 다음부터는 그러지 말라고 하시고 맛있는 것을 사주셨다. 그땐 아빠가 정말 천사처럼 보였다. 그때 아빠한테 다시는 실망시키는 행동 안 하기로 생각했다. 근데 공부도 못하고 매일 성적도 안 좋게 나왔는데 지금부터라도 공부 열심히 해서 아빠한테 좋은 성적 받았다고 당당하게 말하고 싶다. 그리고 아빠를 웃게 해주고 싶다!

몇 주일 전에 아빠는 사정 때문에 우리가 아기 때부터 다니시던 직장을 그만두시고, 다른 일을 하고 계신다. 그런데 새로운 일이 좀 힘들어 보인다. 내가 일어나기 전에 나가시고 학원 마치고 10시에 오는데 아빠도 그때쯤에 들어오신다. 아빠가 새로운 일을 하시기 전에 항상 내가 학교 마칠 때쯤에 전화 하셔서 오늘은 학교 재밌었냐, 점심은 맛있게 먹었냐고 물어봐주시고 집에 가서 저녁같이 먹자고 하신다. 그런데 새 일을 구하고 나서는 일이 바빠서인지 전화가 한 통도 안 온다.

솔직히 아빠의 전화가 매번 울릴 때는 너무 귀찮았다. 그래서 일부로 안 받은 적도 있었고, 전화 받아서 전화 좀 그만하라고 말한 적도 있다. 지금 보니깐 그때는 내가 너무 못됐었다. 앞으로는 내가 먼저 전화하고 문자도 자주자주 보낼 것이다. 항상 아빠 실망시키지 않고 잘해드려야겠다.

베풀 장, 예쁠 아, 옥돌 영

내 동생은 2000년 12월 23일에 태어났다. 나랑 두 살 차이 난다. 지금 대구중학교 2학년이고 몇 반인지는 모른다. 미안하다. 나는 동생을 정말 좋아한다. 뭐 맛있는 거 먹을 때마다 동생이 생각나고 동생이 아프면 정말 신경이 쓰인다. 그리고 학교 가서 선생님 말씀은 잘 듣는지, 친구들이랑은 잘 지내는지, 혹시나 나쁜 친구들이랑 어울려 놀지는 않는지, 항상 걱정된다.

내 동생은 또래보다 키가 좀 작았다. 그런데 중학교 들어와서부터는 확 커서 158cm 정도 되는 거 같다. 그래도 얼굴은 아직 아기 같다. 언제 다 클지 걱정이다. 어휴 이런 걱정들을 나 혼자 마음속으로 하면 되는데 나는 항상 표출한다. 그래서 동생이 날 안 좋아한다. 집착한다고 싫어한다. 그런데 나는 그게 너무 섭섭하다. 그래도 뭐, 난 내 동생이 좋다.

내 동생 이름은 베풀 장, 예쁠 아, 옥돌 영, 장아영이다. 이름에 예쁠 '아'가 들어가지만 예쁘지는 않지만 내 눈에는 예쁘다.

아영이는 나랑 자는 것을 싫어한다. 왜냐하면 같이 자면 내가 자기 전까지 동생 손을 잡고 안기 때문이다. 나는 잘 때 뭔가 나의 피부에 닿아야만 자는 습관이 있다. 이런 거 쓰면 좀 애정결핍 같지만 나는 애정결핍이 아니다. 아닐 것이다.

초등학교 때부터 아빠 엄마 두 분 다 일하고 늦게 들어오시기 때문에 동생이랑 있을 시간이 많았다. 동생이 초등학생 때는 같은 초등학교를 다녀서 자주 마주쳤는데 중학교는 다르게 갔다. 그래서 동생의 학교생활이 어떤지 모른다. 고등학교도 다른데 다닐 듯하다. 내 동생은 나랑 다르게 공부를 잘한다. 내 공부머리가 다 동생한테 간 것 같다. 그리고 동생은 살이 안 찌는 체질이다. 나보다 밥은 더 먹는데 살은 절대 안 찐다. 흑! 이게 제일 부럽다. 나는 살고 싶지 않다. 그

리고 동생은 생긴 것도 귀엽다. 부럽다. 아빠 엄마의 좋은 유전자들은 다 동생한
테 간 것 같다.

　가끔씩 동생이랑 싸우면 나는 동생을 때린다. 때리고 나면 너무너무 미안해서
눈물이 나온다. 다음부턴 절대 안 때려야지라고 생각해도 화가 나면 어쩔 수 없
는 것 같다. 그래도 동생은 항상 나를 언니 대접을 해준다. 만약에 내가 동생이
고 매일 때리면 정이 털려서라도 언니 대접도 안 해주고 대꾸도 안 해줄 거 같은
데……. 정말 동생한테 고맙다. 그리고 미안하다. 더 잘해 주고 싶은데, 나는 아
직 모자라고 어쩔 때 보면 동생이 더 어른스러운 것 같아서 내가 하는 행동이 부
끄럽다.

　아영아, 너한테 부끄럽지 않은 언니가 되려고 노력 많이 할게!

치킨과 나

치킨을 안 먹어본 사람들은 있어도 단 한 번만 먹어본 사람은 없다고 한다. 내가 그렇다. 그냥 처음부터 치킨 맛을 안 봤으면 모를까? 알고는 끊을 수 없는 치킨 맛! 치킨 맛을 몰랐다면 이런 몸뚱어리가 되지 않았을 듯한데…….

나는 정말 많은 치킨들을 먹어봤다. 내가 먹어본 것 중 맛있는 치킨들은 이렇다.

교촌치킨 교촌 레드 콤보(18,000) – 매운 거 잘 먹는 사람들은 다 좋아할 것 같다. 정말 맛있다

네네치킨 스노 윙 & 쇼킹 핫(19,000) – 쇼킹 핫이 좀 매운데 그때 스노윙치킨을 먹으면 맛있다.

BBQ 황금올리브(16,000) 프라이드는 비비큐가 제일 맛있는 것 같다.

땅땅 치킨 세트3,5(16,900원) – 세트 3번에 불갈비가 맛있고 세트 5번에 핫 홀릭 치킨이 맛있다.

호식이 두 마리 치킨 – 양념 & 간장(19,000) 두 마리 치킨은 여기가 맛있다

멕시카나 – 땡초치킨(17,000) 매운 걸 좋아해서 그런지 맛있다 양도 엄청 많다

티바 두 마리 치킨 세트4(18,500) 여기도 두 마리 치킨 맛있다 양도 많다

부어치킨 – 크리스피(8,500) 비비큐 다음으로 프라이드가 맛있다 그리고 싸다

쓰고 나니깐 내 몸뚱어리가 왜 이렇게 됐는지 알겠다. 앞으로는 자제해야겠다. 하지만 사람이 기본적으로 느끼는 식욕, 성욕, 수면욕 중에 먹을 복을 갖추고 있다는 것은 축복이다.

치킨이 처음에 배달 와서 그 뚜껑을 열고, 닭다리 하나를 집어서 한입 넣자마자 느끼는 기분은 말로 표현할 수 없다.

하지만 치킨은 기름에 튀겨놓은 것이므로 너무 자주 먹지는 말고 한 달에 한 번 먹을 날에 정해놓고 먹어야겠다. 그리고 혼자 먹지 말고 다 같이 먹으면서 내가 먹는 양을 좀 줄여야겠다.

네 번째 이야기
공부 방법

나는 머리가 나쁜 편이다. 중학교 때는 평균 50점을 넘어본 적이 없다. 사실 어떻게 공부하는지도 모르겠고, 잘하는 친구들이 넘쳐나서 '내가 해봤자지.' 하는 마음으로 공부에 손을 대지 않았다.

그래도 시험 치는 날에 나의 마지막 자존심이라고 한 번호로 쭉 찍는 짓은 안 했다. 하지만 결과는 차라리 한 번호로 쭉 찍었으면 더 좋았을 것을…… 여러 가지 방법을 동원해 막무가내로 시험을 치다보니 12점이라는 점수도 나온 적이 있다.

그렇게 중학교 3년 동안을 형편없이 시험을 치다 보니 고등학교를 진학할 때 난 친한 친구들과 헤어져야 했다. 공부를 잘하는 내 친구들은 모두 인문계를 갔고 나의 낮은 내신으로는 인문계를 가면 밑에서 깔아주기만 할 것 같았다. 나는 중학교 다닐 때부터 실업계를 욕하는 애들을 별로 좋지 않게 봐왔다. 그래서 나는 '실업계가 뭐 어때서?' 라는 생각으로 대구자연과학고등학교에 왔다.

고등학교에 진학해서 생활에 적응하다 보니 어느덧 중간고사를 칠 때가 됐다. 나는 고등학교 첫 시험을 잘 치고 싶었다. 그래서 시험 공부를 열심히 하기로 결심했다. 하지만 중학교 때 공부하는 습관이 없어서 어떻게 하는지 몰라서 고민이 많이 됐었다. 고민하다가 알아낸 것은 내가 주위가 조용하고 분위기가 약간 어두우면 공부가 잘 된다는 사실이었다. 그래서 나는 밤을 새우고 새벽에 공부를 했다. 뭔가 집중이 아주 잘 됐다. 정말 신기했다. 나도 이렇게 집중을 하고 공부를 할 수 있다는 사실이…….

고등학교 첫 시험 결과는 내가 중학교 때는 바라보지도 못할 등수가 나왔다. 그렇게 높은 석차는 아니지만 나는 만족한다. 이제 내 스타일에 맞는 공부 방법을 찾았으니깐, 앞으로도 더욱더 열심히 할 것이다. 자기한테 맞는 공부 방법을 찾아서 공부하는 게 정말 중요한 것 같다. 나는 이제서야 공부하는 재미를 좀 찾은 듯하다.

지각과 나

나는 학교에 일찍 도착하는 편이다. 등교 시간보다 한 시간 일찍 버스를 타서 도착하면 7시 40분쯤 된다. 지각은 거의 안 하는 편이다. 그래서 출결상황이 나름 좋은 것 같다. 고등학교에서는 지각 한 번도 안 하고 개근상을 받으려고 한다. 개근은 나의 남은 자존심이자 스펙이다. 우리집은 학교에서 가까운 편은 아니어서 개근하기에 적합한 조건을 갖춘 건 아니다. 나는 항상 학교에 늦을까 봐 불안한 마음을 가지고 있다. 그래서 매일 더 일찍 서두르게 되는 것 같다.

하지만 종종 학교에서 집이 가까운 애들이 지각을 하는 모습을 본다. 지각을 하면 안 좋은 점이 많다. 일단 제일 큰 단점은 벌점을 받는다는 것이다. 지각하는 애들을 보면 그 전날에 늦게 자거나 잠이 부족해서 좀더 자려고 하다 보니 늦어지는 것 같다. 집이 먼 애들은 차가 막혀서 버스가 천천히 가서 그런 것 같다.

우리 학교는 지각을 하면 그에 대한 대가를 받아야 한다. 매일 아침 7시 40분부터 선도부들과 학생주임 선생님께서 서 계신다. 우리 학교에는 '아침인사하기'라는 봉사활동이 있는데 7시 40분부터 학교 중앙현관 쪽에 서서 인사를 하면 상점 2점씩을 준다. 나는 요즘 '아침인사하기'를 친구들과 하고 있다.

8시 8~9분부터 뛰는 사람들을 보면 미안하지만 정말 재밌다. 안 늦으려고 친구를 버리고 뛰어가면서 학생주임 선생님한테 인사하는 사람도 있고, 그냥 달리기 선수처럼 무작정 앞만 보고 달리는 사람도 있다. 그리고 10분이 되기 1분도 안 남았는데 느긋하게 걷다가 학생주임 선생님께서 "뛰어라!" 하며 화를 내시면 그때야 뛰기 시작하는 사람도 있다.

지각 한번 절대 안 하다가 어쩌다가 한번 하는 애들을 보면 무슨 일이 있어서 늦은 것 같은데 그런 걸 보면 정말 안타깝다. 반면에 맨날 지각하는 애들을 보면 10분만 더 일찍 일어나서 준비하면 늦지 않을 것 같은 데라고 생각이 든다. 우리 반 지각생들도 학기 초보다 점점 줄고 있다. 정말 좋다. 우리 학교는 한 달 동안 반 친구들이 지각, 결석을 안 하면 상장을 주는 게 있다. 나는 그것을 정말 정말 받고 싶다. 앞으로 남은 학기 동안 우리 반 친구들이 지각이나 결석을 안 하고 그 상장을 받았으면 좋겠다. 물론 나도 앞으로도 지각을 안 하기 위해 계속 노력할 것이다.

이정훈의 어떤 하루

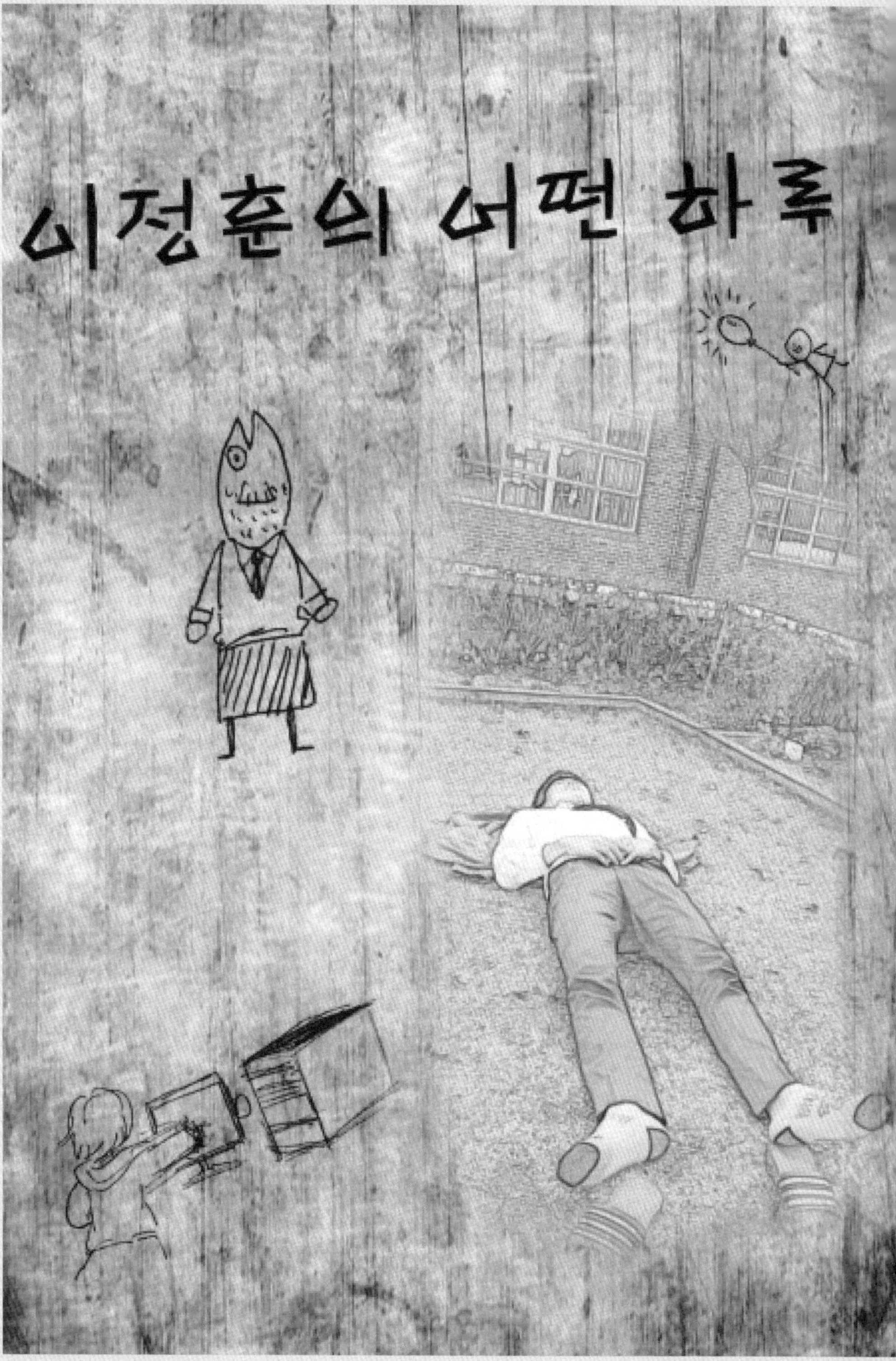

코스프레

중학교 2학년 때 난 같은 반 친구의 권유로 영어 학원을 가게 되었다. 학원에서 시험을 쳤는데 난 B반이 되었다. 친구는 A반이 되어 서로 교실이 달랐다. 교실 안에 들어가 보니 10명 정도 되는 학생이 있었다. 내가 아는 얼굴은 하나도 없어서 뻘쭘하게 앞자리에 앉아 책을 읽는 척을 했다. 그렇게 뻘쭘하게 시간을 보내던 중 뒤에 있는 녀석이 나를 툭툭 치면서 껌을 하나 줬다. 그 일을 계기로 학원에서 그 녀석과 쭉 붙어 다니게 되었다. 그 친구는 아빠가 회사를 그만두고 자영업을 시작해 서울에서 대구로 전학을 왔다고 했다. 나와 마찬가지로.

그 친구는 학원에 아는 사람이 없어 곤란하던 차에 내가 와서 너무 기뻤다고 했다. 나도 낯가림이 심해 남에게 먼저 다가가지 못하는데 그 녀석이 먼저 말을 걸어줘서 내심 기뻤다. 학원에서 쉬는 시간마다 이야기를 했다. 그 녀석과 난 취미도 비슷했고 무엇보다 그 녀석이 나와 달리 매우 밝은 성격이라 늘 나에게 먼저 다가와 장난을 걸고 했다.

그러던 어느 날 학교를 마치고 집에 있는데 그 녀석에게 문자가 왔다. 토요일에 엑스코에서 게임 축제를 한다는 것이었다. 난 아무 생각 없이 가겠다고 하고 아침 11시에 버스를 타고 엑스포로 갔다. 그곳에서 본격적으로 녀석과의 추억쌓기가 시작된 것 같다. 나는 엑스포정류장 앞에 도착해 1층 전시실 안으로 들어갔다. 그곳에서 코스프레를 한 녀석을 봤다. 당당하게 나에게 다가와 인사를 하는데 난 엄청 당황했었다. 이야기를 들어보니 초등학교 6학년 때부터 패션 마케팅학과에 재학 중인 자기 언니를 따라 코스프레 행사를 다니다보니 자기도 자연스럽게 코스프레를 즐기게 되었다고 했다. 그 녀석과 함께 행사장을 돌아다니고 있는데 사람들이 그 친구에게 다가와서 사진을 찍어도 되냐고 물어봤는데 정말 당당하게 포즈를 취했다. 그리고 주변의 다른 코스튬플레이어들과도 친근하게 이야기를 하는 녀석을 보니 어딘가 모르게 멋져 보였다. 만화에 나오는 주인공을 현실에서 보고 있는 느낌이랄까?

행사가 끝나고 오후 5시쯤 되어서 우리는 정리를 하고 집에 가는 버스를 탔다. 평소 같으면 장난도 치고 잡담이라도 해야 할 우리인데…… 행사 때문에 피곤해서 그런지 오늘 처음 본 녀석의 서브컬쳐 취미를 본 충격 때문인지, 기분이 묘해져서 아무 말도 없이 창밖을 보며 있었다.

버스가 중앙로를 지나 계명대학교에 도착할 때쯤 그 녀석이 먼저 나에게 말을 걸었다. 제일 처음 했던 말은 "코스프레 하는 거 이상해?"라고 물어 본 거였고, 두 번째로 한 말은 "너도 같이 할래?"였다. 그날 집에 가서 인터넷에 코스프레를 검색해 사이트를 뒤져 보았다. 네이버 블로그와 카페에 코스프레를 한 사람들의 사진이 엄청나게 많이 나왔다. 초등학생에서부터 대학생, 어른들까지 다양한 연령대의 사람들이 코스프레를 즐기고 있었다. 정말 정말 너무 멋져 보였다. 내가 좋아하는 만화캐릭터를 따라할 수 있다니! 그날 밤은 잠을 못 이룰 정도로 흥분됐다.

다음날 학교를 마치고 학원에 가자마자 녀석에게 말했다.

"나도 해볼래, 코스프레!"

이 말을 꺼내자 녀석이 엄청 좋아했다. 나보다 더 흥분해서 어떤 만화 플렌을 할지 고르자고 하면서 아이팟을 꺼내 여러 만화들을 뒤져 보다가 그날 수업시간에 코스프레 이야기로 들떠 선생님이 있는 줄도 모르고 이야기를 해서 엄청 혼났다. 그리고 집에 돌아가 문자를 확인하니 요즘 가장 인기 있는 애니인 '스즈미야 하루히의 우울'을 코스프레 하자고 했다.

'스즈미야 하루히의 우울'은 내가 중학교 2학년 때 일본에서 소설을 애니메이션으로 만든 만화인데 일본과 한국을 통틀어 가장 인기가 많았던 애니메이션이다. 나와 그 녀석 또한 한때 이 만화에 미쳤었기에 쇼부를 보고 옷을 어떻게 구할지 정하기로 했다. 원래는 자기 언니가 옷본과 원단을 구해 만들어주는 편이라고 했는데 이번에는 인터넷 코스프레샵에서 옷을 구입하기로 했다. 나와 녀석은 모은 용돈으로 옷, 가발, 신발, 그리고 일회용 갈색 염색 스프레이를 구입했

다. 가격이 장난이 아니었다. 우리 둘이 구입한 소품값만 30만 원이 넘었다. 내가 이때까지 살면서 가장 많이 지출한 금액인 것 같다. 택배는 엄마가 보면 혼날 수 있으니 그 녀석 집으로 보냈다.

토요일에 그 녀석 집에 처음 놀러갔다. 그 녀석 방에 들어가 보니 언니랑 같은 방을 쓴다고 했는데 만화책과 두꺼운 일러스트 모음집이 엄청 많이 있었다. 이 녀석이 오타쿠가 된 것도 자기 언니가 아주 크게 한 몫을 한 거 같다. 녀석이 컴퓨터를 켜서 네이버에 부산코믹월드를 검색해서는 날짜를 가리키며, "이날 우리가 벡스코에가서 코스프레를 할꺼야!" 라고 당당하게 말하는데, 난 엄청 당황 할 수밖에 없었다.

나는 대구 근방에서 코스프레를 할 줄 알았는데, 두 명이서 부산을 간다니, 혼자서는 대구 밖으로는 한 번도 나가보지 못한 난데…… 부산은 무리라고 대구에 있는 행사를 찾자고 하니 대구는 행사가 적어서 코스프레를 하려면 적어도 올해 참가하는 건 무리라고 했다. 자기는 부산을 포함해 서울, 광주 등을 많이 돌아다녀 봤다면서 걱정 말라고 했지만……

그리고 택배 포장을 뜯어 옷을 꺼내봤다. 그때 그 희열을 지금도 잊지 못하겠다! 만화 속에서만 봐왔던 옷을 실제로 보다니!!!!!!! 우리는 옷에 씌여진 비닐포장을 뜯고 옷을 입어봤다. 생전 처음 해보는 코스튬플레이라서 좀 부끄러웠다. 나는 스즈미야하루히의 우울의 캐릭터인 '祓'을 하기로 했고, 그 녀석은 만화의 주인공인 스즈미야하루히를 하기로 했다.

우리는 서로 옷을 입고 생전 처음 해보는 화장을 하고 집에서 하는 코스프레를 줄여서 집코를 했다. 그리고 녀석이 자기 아이팟으로 사진을 찍더니 네이버 물파스라는 코스프레 카페와 자기 블로그에 사진을 게시했다. 댓글이 달리기 시작하는데 난 부끄러워서 괜히 침대를 때리면서 계속 뒹굴었다. 그날 처음 접해본 코스프레는 정말 즐거운 경험이었다.

그렇게 우리는 1년 반 동안 미친 듯이 코스프레를 포함해 애니메이션 더빙 작곡 등 다양한 서브컬처 문화를 즐겼고 부산과 대구등지에서 우리와 취미가 비슷한 형?누나들을 만났다. 내생에 있어 가장 소중하고 즐거운 추억이었다. 사람들과 함께 사진 찍는 것도 즐거웠고 우리와 비슷한 취미를 가진 사람들을 만나는 것도 즐거웠고 무엇보다 그 녀석과 함께 할 수 있었다는 게 제일 즐거웠다 지금 그 녀석은 서울의 선린 인터넷 고등학교에 재학 중이다. 가끔 페이스북이나 블로그 안부 게시판으로 중학교 2학년 때 함께 했던 이야기를 꺼내며 웃기도 한다.

거북이

나는 거북이를 매우 좋아한다. 내가 어릴 적 아빠가 수족관에서 '붉은 귀거북이'를 한 마리 사왔는데 나는 생전 처음 보는 거북이를 보고 무척 신기했다. 공룡을 키우고 싶었지만 이미 멸종해 버려서 서운했던 차에 아빠가 조금은 공룡과 같은 원시적인 느낌을 내는 거북이를 사주셔서 무척 기분이 좋았다.

베란다에 거북이를 길렀는데 2달 정도 지나니 동전만 하던 거북이가 밥그릇만 해져 어항이 좁아지게 되었다. 그래서 대야에 거북이를 풀어서 키웠는데 덩치가 커지니 밥을 먹는 양도 많아지고 똥도 더럽게 많이 싸서 집안에 거북이 비린내와 똥냄새가 진동을 했다. 그래서 결국 참다못한 아빠가 거북이를 두류공원의 성당못에 풀어줘 버렸다.

그날 나는 정말 밤새도록 서럽게 울었다. 그렇지만 거북이가 연못에서 살면 집에서 주는 맛없는 사료를 더 이상 안 먹어도 되고 넓은 물 속에서 물고기들을 마음껏 먹을 수 있다는 생각에 슬픈 마음을 위로했다.

그리고 중학교 1학년 때, 이마트에서 거북이를 발견하고 엄마를 졸라 한 마리를 사왔다. 처음에는 엄마가 옛날처럼 똥을 많이 싸서 집안에 냄새가 진동하면 어떡하냐고 했는데 점원 아줌마가 이 거북이는 붉은 귀거북이랑 달리 채식을 하고 똥도 덜 싼다고 해서 다행히 집으로 데리고 올 수 있었다.

집에 오자마자 거북이를 들고 방 안으로 들어가 거북이 이름을 지었는데 '느림보'라고 지었다. 예전에 키웠던 거북이랑 달리 사람을 많이 무서워하고 엄청 느릿느릿 움직여서 그렇게 붙였다.

느림보는 다른 거북이들과 달리 몸이 밝은 초록색이었고 꼬리도 매우 길었다. 난 주말마다 느림보를 데리고 옆집 친구와 함께 근처 산에 올라가 곤충도 채집하고 일광욕도 시켜주었다 하루는 느림보의 등껍질을 씻겨주면서 몸을 봤는데 흰 반점 같은 게 몸에 많이 나 있었다. 도대체 이게 뭔가 싶어서 인터넷에 검색을 해 봤는데 잦은 스트레스로 인해 면역력이 떨어져 몸에 피부병이 생긴 것 같다고 했다. 그래서 1달 동안 뜬눈으로 잠을 설치며 간호해 주고 3일에 한 번 꼴로 식염수로 몸을 소독시켜 준 끝에 다행히 예전처럼 건강해졌다.

그렇게 느림보와 1년을 보내던 중 중학교 2학년 때, 생명탐구 동아리에 가입을 했는데 이 동아리는 곤충과 동물들을 채집해서 관찰하는 동아리이다. 딱히 채집을 하지 않아도 집에서 기르는 곤충이나 물고기 등을 가지고와 관찰을 해도 된다고 해서 나는 동아리 실에 거북이를 가지고 갔다.

학기 중순쯤 되고나니 우리 동아리 실은 동물원을 방불케 할 만큼 여러 가지 곤충과 동물들이 있었다. 물론 내가 가지고 온 거북이가 동아리 실에서 가장 인기가 많았다. 크기도 동아리 실에 있는 동물중 가장 크고 밥도 아무거나 잘 먹어 그런 것 같다. 그렇게 거북이와 함께 3개월간 동아리 활동을 하고 겨울방학이 되어서 각자 가지고 온 동물과 채집한 곤충들을 집으로 가져가야 했다. 난 집이 멀어서 어떻게 할지 고민하던 차에 파충류니깐 겨울잠을 재우면 어떨까? 하는 생각이 떠올라 동아리원들과 함께 인터넷에 거북이 겨울잠재우기 방법을 검색해서 나온 방법대로 참나무 톱밥을 어항에 채우고 거북이를 놔두니 신기하게 거북이가 흙을 파고 들어갔다. 우리는 성공했다고 판단을 하고 동아리 실 냉장고 안에 거북이를 넣어두고 그렇게 겨울 방학을 보냈다.

그리고 개학을 하고 봄에 거북이의 겨울잠을 깨우러 갔다. 그런데 거북이가 숨은 쉬는데 깨어나지를 않았다. 당황해서 네이버 지식인에 검색을 해보니 거북이가 갑작스러운 온도 변화로 인해 쇼크를 받은 것 같다고 했다. 그리고 깨어날 가능성은 희박하다고해서 급한 마음에 거북이를 꺼내 온수에 담가 보기도 하고, 햇볕에 둬보기도 했지만, 결국 거북이는 우리의 기대와 달리 깨어나지 않았다. 마음이 많이 무거웠다. 그래도 나와 몇 년을 함께한 녀석인데 이렇게 허무하게 보내버리다니……. 좀더 알아보지 못하고 겨울잠재우기를 진행한 내 실수 때문에 느림보가 죽어버리다니……. 나 자신에게 너무 화가 났다.

그래도 일단 녀석을 묻어야 했기 때문에 거북이를 들고 학교 화단으로 가 모

종삽으로 흙을 파서 조그마한 무덤을 만들어주었다. 그리고 후배 녀석이 매점에서 죠스바를 사와 손잡이 부분에 '느림보라고 이름을 쓰고 강아지풀과 함께 묻어 주었다.

　가끔씩 학교를 마치고 집에 갈 때 횡단보도 옆에 있는 작은 수족관을 들여다보곤 한다. 수족관 맨 구석에 위치한 거북이들이 들어있는 어항을 볼 때면 한두 마리 정도 집으로 데려오고 싶은 기분이 들기도 하지만 그냥 참는다. 왠지 느림보처럼 억울한 죽음을 또 만들까 두렵기 때문이다.

등굣길

내가 다니고 있는 대구자연과학고는 대구에서 가장 땅이 넓은 고등학교이다. 성인이 학교 정문에서 본관까지 걸어오려면 빠른 걸음으로 8분 정도 걸어야 할 정도다. 내가 처음 이 학교에서 면접을 보러 왔을 때가 생각난다. 난 학교의 웅장한 크기와 짜증날 만큼 끝도 안 보이게 길게 이어져 있는 등굣길을 보고 입이 쩍 벌어졌다.

하루는 반월당에서 지하철을 잘못 갈아타서 정반대 방향으로 간 적이 있다. 등교 시간은 8시 10분까지였고 스마트폰을 보니 남은 시간이 18분 남짓이었다. 나는 성적은 좋지 못해도 개근상은 무조건 받자는 주의라서 지하철을 갈아타고 학교 정문에서 본관까지 미칠 듯한 속도로 달려왔지만 10분 지각을 하였다. 정문에 도착한 시간으로 지각을 체크했으면 좋겠다는 생각이 들어 짜증이 났다.

하지만 이렇게 시간에 쫓겨 급하지만 않다면 등굣길은 나름 예쁘고 볼거리 또한 많다. 여름에는 빽빽하게 들어선 초록숲과 청설모, 뱀, 개구리 등을 구경하며 학교를 올라가고, 가을에는 밟으면 터지는 지독한 암모니아 지뢰밭 길처럼 바닥에 깔려 있는 은행 열매들 사이를 스릴 넘치게 건너다닌다. 그리고 겨울에는 소복하게 쌓인 눈을 밟으며 가는 등굣길도 나름 재미있다. 눈을 뽀득뽀득 밟고 가면 학년말의 스트레스가 조금 해소되는 기분이다. 봄에 걷는 등굣길은 새롭다. 새 학기의 상쾌한 기분으로 조금은 쌀쌀한 날씨지만 땅 속에서 움터 오르는 새 싹들을 보면서 우리도 새로운 희망을 품어 보며 걷게 되기 때문이다.

하지만 난 5달 후면 졸업이라 더 이상 이런 기분을 느낄 수 없을 것 같다. 조금은 아쉽다.

네 번째 이야기

죽지 않는 카메라

어릴 적 토요일마다 아빠가 다니는 회사에 놀러 갔다. 아빠가 다니는 회사는 영상광고제작과 사진을 촬영해 출판사에 메일로 보내는 일을 하는 회사였는데 직업 특성상 휴일에도 근무를 하는 경우가 많았다. 그래서 나는 아빠를 따라 회사에서 토요일을 보내는 경우가 많았다. 스튜디오 안에는 비디오, 카메라, 삼각대, 카메라 플레시 등 다양한 장비를 있었는데, 어린 나이에 보기에는 전부 생긴 게 파워레인저에 나오는 무기들 같아서 자주 가지고 놀았다. 그러다가 견습생 형들한테 발각되면 혼나곤 했다.

아빠에게 있어 카메라는 우리 가게의 매우 중요한 밥줄이었는데 나에게 있어 카메라는 그저 아빠와 놀 시간을 뺏아 가는 라이벌 같은 존재였다. 아빠는 카메라를 매우 소중히 여겼고 나는 그런 아빠를 보고 있으면 가끔씩 짜증이 났다.

그러던 어느 토요일에 학교를 갔다 와서 아빠의 작업실에 들어갔다가 모르고 비디오 카메라 마이크를 밟아서 부러뜨려버렸다. 내가 밟은 비디오 카메라는 아빠가 2달 전에 거금을 들여 구입한 비디오 카메라였는데 정말 매우매우 비싼 카메라였다. 난 아빠한테 엄청 혼날 줄 알았는데 아빠는 혼내지 않았다.

그리고 8년이 지난 지금 나에게 있어서도 카메라는 매우 소중한 친구가 되었고, 내 전공과도 매우 밀접한 관계가 되어버렸다. 가끔 아빠와 함께?회사 창고에 있는 오래된 카메라들을 꺼내 청소를 하는데 그때마다 가끔씩 아빠가?나에게 말씀하신다.

"카메라는 쉽게 녹슬지도 않고 고장 나지도 않는다. 부품만 잘 관리해 주면 수천 년도 거뜬히 사용할 수 있지. 카메라는 주인을 버리지 않지만 주인의 변덕 때문에 카메라가 버림 받는 거야."

실습 시간

나는 대구자연과학고 바이오식품학과에 재학 중이다. 우리 학과는 제빵제과, 식품가공, 영양학 등 식품에 관한 다양한 기술과 학문을 배우는데 빵과 요리를 한다는 이유 때문에 다른 학과 친구들에게 늘 부러움의 대상이 되곤 한다.

1학년 때는 일반교과과목과 초급 전공과정을 병행해서 수업을 하고, 2학년 때부터 제빵제과와 한식 등의 조리 실습을 한다. 제빵제과 시간은 발효와 성형 과정이 길기 때문에 저녁 늦게까지 학교에 남아 빵을 만들기도 한다. 이때는 학교 안을 돌아다니며 술래잡기도 하고 담력 훈련 같은 것들도 한다. 그리고 반죽 찌꺼기가 남으면 버리러 가기 귀찮아서 밤에 몰래 학교 분수대에 물고기들에게 밥으로 줘 버리곤 한다. (아! 이거, 걸리면 맞아 죽을 텐데……)

제과제빵 수업은 제작 과정이 짧기 때문에 실습이 일찍 끝난다. 만든 과자를 가지고 교실로 올라가면 다른 과 애들이 뺏아먹으러 오기 때문에 몰래 숨겨서 교실까지 도망쳐 오기도 한다. 그리고 한식 실습시간에는 양식 조리사 자격증 과목 위주로 실습을 한다. 스테이크 같은 요리를 만들 때에는 재미로 프라이팬에 불을 내서 요리하다가 선생님한테 혼나기도 했다.

3학년 때는 식품가공 실습을 위주로 하는데 식품 가공 시간에는 식품가공기능사 자격증을 따기 위해 3달 동안 학교에 늦게까지 남아서 실습을 했다. 세균을 배양할 때 이상한 글자를 적어 배양을 한 게 들통 나서 선생님한태 혼나기도 했고, 곰팡이를 이용해서 술을 만들어 마시다 들킨 적도 있다. 이렇게 식품을 다양하게 변신하도록 하는 건 마법사가 된 듯 흥분되고 변신하는 그 과정은 기대되는 일이다.

그리고 실험실이 학교 본관과 많이 떨어진 곳이라서 밤에는 어둑어둑해서 친구들이 골목에 숨어 애들을 놀라게 하기도 하고 실험실에 있는 돼지고기를 꺼내

굽고 밥을 지어서 먹기도 했다. 한여름밤에 귀뚜라미 우는 소리를 들으면서 실습한 것도 친구들과 실험 중에 싸운 것도 빵 반죽을 던지고 놀다 선생님한테 얻어터진 것도, 비 오는 날 숲에서 개구리를 잡아 분수대 잉어 밥으로 준 것도, 이모든 게 대구자연과학고를 다니며 얻은 매우 소중한 나의 추억이다.

하루 일기

소늘 실습시간 에는 뭘 만들까?

공부하기 싫어!!

소늘 점심은 뭐지?

친구랑 싸움 ㅠ.ㅠ

내일 수행평가 시험이야!!

2004년 5월 27일 목요일

대과거의 나는 현실의 도망자가 되길 원했다. 엄마한테 학교가 재미있었다고 거짓말하는 게 싫었다. 친구들하고 마주하고 싶지 않았다. 어른들의 도움 따윈 받고 싶지 않았다.

초등학생의 나는 지금의 아이들처럼 행복을 원하는 아이였다. 책을 그렇게 좋아하는 것도 아닌데 항상 책을 들고 있었고, 소심했으며 말도 잘 하지 않고 조용한 아이였다. 그런 아이를 가만히 놔주지 못하는 선생님이 한 분 계셨다. 그 선생님은 장난꾸러기 남자아이처럼 나를 괴롭히기 일쑤였다. 붉은 가죽 장갑과 붉은 가죽 잠바, 붉은 립스틱을 바른 여자 선생님이었는데 모든 것이 붉은 사람이었다. 항상 눈은 날 주시하며 노려보았고, 아무 잘못도 없는 날 불러서 혼냈다.

그런 그들은 잊어버렸을지 모를 그 일들을 나는 기억하고 있다. 그들의 행동과 말, 눈빛, 그리고 도움을 외면하던 아이들. 마치 공책의 빈 여백처럼 아이들은 하얀 종이를 얼굴에 붙이고 있는 듯 아무 표정을 짓지 않고 가만히 앉아 있었다. 그들의 앞에 서 있는 나는 눈을 바닥에 내리고 선생님의 날카로운 시선을, 따가운 시선을 애써 피한다. 그녀와 눈이 마주칠 때면 난 항상 눈물샘에 모인 눈물이 글썽거리면서 울게 되는 것으로 끝나게 된다.

그 일을 겪은 후, 나는 더욱더 소심해졌다. 그리고 도망쳤다. 상상의 세계로.

– 수민

현실로 되돌아오게 되었다. 해야만 하는 일과 하고 싶은 일이 생겼기에, 목표가 생겼기 때문이다. 다시 돌아온 세상은 변함없이 끔찍하고 좋지 않았다. 따뜻하고 안정적인 집이 있더라도, 나를 알아주는 친구들이 있는 학교가 있더라도, 내가 여길 떠나지 않고 머무는 것은 아직도 그대로였다.

더 배울 것이 많기에 남아 있는 것에 대한 것은 불만이 없었지만, 관심을 갖는 것은 별로였다. 주위의 관심은 더욱더 이곳에 온 것을 후회하게 만들었다. 투명인간 취급이 더 부러워질 만큼. 지나친 관심이나 간섭은 정말 싫었다. 특히 일정한 공부를 끝내고 쉬고 있을 때는 더더욱 싫다. 관심 가지는 사람은 사람들에게 한 번쯤 물어보는 것이 좋을 것이라 충고한다.

목표가 생기고 나니 일종의 깨달음을 얻은 듯하였다. 즉, 공부를 하고 싶은 마음이 들었다는 소리다. 공부를 하지 않고 매일 열심히 놀 궁리만 하던 내가 바뀐 모습을 보고 엄마는 미소를 지으며 좋아하셨다. 그도 그렇게 기대를 하였건만, 좋은 성적이라곤 국어밖에 없고, 나머지 성적은 뒤처지니 기대에 부응하기가 매우 어려웠다.

하지만 공부하고 싶은 마음이 그렇게 쉽게 들었을 리 없고, 친구들 중 몇몇은 억지로 하거나 부모님의 기대에 부응하기 위해 노력하는 사람이 있을지도 모른다.

상상의 세계에서 현실의 세계로 다시 돌아온 나는 친구 사귀기보다 집중하지 못 했던 수업 내용이나 이해하지 못 했던 부분을 매일 확인하면서 공부하였다. 딴 생각, 상상하는 것을 줄이면서 더욱 공부에 집중하였다. 그러나 슬럼프가 너무 일찍 찾아오게 되었다. 기말고사를 코 앞에 둔 채 다시 처음으로 돌아가 버리고 내가 꿈꾸었던 것들이 모두 꿈으로 바뀌게 되었다. 허망하였다.

– 수민

2013년 1월 17일 목요일

밤에 잠이 안 와서 근처 초등학교운동장을 걷고 있는 중이다.
나, 정말 할 일 없는 듯……
그냥 가슴이 답답하다.

– 정훈

2013년 4월 5일 금요일

한식 조리 실습시간에 친구들과 함께 창밖을 보며 시간을 때우고 있었다. 정진교라는 놈이 갑자기 지나가는 여자한테 "야!!" 하고 소리를 지르고 창문 밑으로 숨었다. 나 빼고 다들 숨어버려서, 나만 무척 부끄러워졌다.

– 정훈

2013년 5월 5일 일요일

"오월은 푸르구나아— 우리들은 자란다—♪"

어린이날을 맞이하여 대구교육대학교로 페이스페인팅 자원봉사활동을 다녀왔다. 처음 페인팅을 할 때는 손이 너무 떨려서 평범한 사랑표 모양도 잘 그려지지 않더니 그림을 하나 둘 그리며 익숙해졌는지 능숙하게 잘 그려냈다. 주위 분들에게 칭찬을 들으니 기분이 좋았고, 아기들도 기뻐하니 입꼬리가 더욱 스마일을 그리게 된다.

점심시간에 먹은 밥은 어찌 그리 맛있을 수 있는지, 소박하게 상추와 김을 쌈장에 싸먹은 것뿐인데……. 소박한 웃음들이 모여서 더 커져가는 행복감, 모든 것이 충만해져 공기를 가득 채우는 듯한 이 느낌이 신기하다.

오늘 내 마음엔 또 다른 나무가 자라고 있는 것 같다.

– 보리

2013년 6월 6일 목요일

벽화마을을 뒤적뒤적 찾다가 발견한 '김광석 다시 그리기 길'

대구에 몇 없는 벽화마을이기에 한 걸음으로 달려갔다.

도로 위를 힘차게 달리고 있는 자동차들 옆 '김광석 다시 그리기 길', 생뚱맞다!

한발 두발 거리에 들어서자 잔잔히 들려오는 노랫소리.

우산처럼 펼치고 살랑살랑 내려오는 플라타너스의 씨.

그 씨가 내 코를 간질이고, 거리를 희뿌옇게 만든다. 거리를 한 바퀴 다 돌고 거리를 빠져나올 때쯤, 음악소리가 들렸다.

"거리공연이다."

몇 없는 관객들 곁으로 가서, 들어나 보자는 마음으로 바로 앞 의자에 앉았다. 아는 거라곤 띄엄띄엄 노래 몇 구절. 그중 내 마음을 쿵 하게 했던 노래 가사.

"잊어야 한다면 잊혀지면 좋겠어. 부질없는 아픔과 이별할 수 있도록"

별 말도 아닌데, 누구나 생각하는 건데, 왜 그렇게 내 마음을 떨리게 했던지…….

– 보리

2013년 6월 11일 화요일

학교에서 페이스추리를 만드느라 저녁 8시까지 남아 있다. 지금 오븐에 굽는 중인데…….

20분만 더 구우면 완성될 것 같다.

노릇노릇한 냄새가 제빵실을 가득 채운다. 빵 굽는 냄새는 아픔을 잊게 하는 진통제 같다. 노릇한 생각들로 그냥 유쾌해진다.

제빵실 앞 분수대 잉어 친구들과 이야기하며 놀고 있는 중이다. 녀석들에게 집에 가기 전에 빵 조각 조금 던져줘야겠다.

- 정훈

2014년 3월 3일 월요일

오늘은 대구자연과학고등학교에 입학한 날이다. 고등학교는 우리 집 주변 근처라서 많이 보고 와보기도 했었다. 학교는 이 근처 학교들과는 비교되지 않게 너무나도 큰 학교이다. 처음에 봤을 때 너무 커서 신기하고 놀랐고, 또 학교에 논, 밭이 있어서 놀랐다.

입학식에는 정말 설레는 마음으로 발이 바닥에서 뜬 것처럼 가볍게 걸어갔다. 많은 학생들이 두리번거리며 함께 걷고 있었다. 아마 나처럼 중학교를 졸업하고 새로운 마음으로 고등학교를 입학하는 아이들일 것이다.

제일 처음에 학교에 가서 모든 1학년들과 2, 3학년 선배들과 함께 강당에서 입학식을 시작하였다. 물론 같은 중학교를 다녀서 얼굴을 아는 친구들도 있었지만, 거의 대부분 다 처음 보는 아이들이었다. 그래서 처음에는 정말 낯설었다.

강당에서 입학식을 올리고 나서 각자의 반에 가라고 했다. 그래서 강당에 있다가 모두 다 각자의 교실로 갔다. 강당에서 교실로 가는데 그때는 모든 게 다 신기하고 새로웠다. 그런데 1학년 교실이 4층이라서 교실로 가는 게 너무 힘들었다. 내가 중학교를 다니면서 가장 높았던 층이 3층이었는데, 4층을 1년 동안 오르락내리락 한다는 게 처음에 너무 충격적이었다.

교실로 들어가 반 아이들을 보았다. 반에서 아는 애는 같은 중학교를 다녔던 친구들 몇몇 있었고 나머지는 모르는 아이들이었다. 거기다가 우리 반은 3년 동안 같은 반을 한다는 게 신기했다. 지금은 친구들과 다 친해졌지만, 그때는 정말 친해질 줄 몰랐는데 신기한 것 같다.

학교를 다닌 지 이제 거의 1년이 다 되어 가는데 처음에 입학할 때와 같은 그런 설레는 마음을 다시 가지며 남은 2년 동안 열심히 다녀야겠다.

― 예지

학교 마치고 집에 가다 근처 놀이터에서 개들이 교미하는 걸 봤다. 미끄럼틀 옆에서 교미를 하고 있었는데 갑자기 중딩 여자애들이 나타나 개들이 교미하는 걸 떼 놓으면서 방해했다.

아, 어쩌려구!

– 정훈

2013년 12월 29일 일요일

　현재 나는 서울 숙명여대 근처의 모텔에 있다. 얼마 전 친구들과 서울에서 진행한 사회혁신 비즈니스 대회를 마치고 혼자 서울을 구경하는 중이다.

　앞으로 계획은 내일 열리는 월드비전 컴퍼런스에 참석하고 여의도 국회의사당 구경을 가는 건데, 지금 스마트폰데이터도 없고 모텔 컴퓨터도 더럽게 느려서 과연 내일 아침까지 이동 루트를 확인할 수 있을지 걱정이다.

　아침부터 아무것도 못 먹어서 방금 족발을 시켰는데 언제쯤 올까?? 배부터 채우고 생각해야겠다.

– 정훈

2014년 03월 31일

참 감동 없는 내 생일 날이다. 생일을 챙기는 성격이 아니라서 장난스럽게 선물 내놓으라고는 하지만 진심으로 선물을 바라는 것은 아니라서 그러고는 끝이다. 그래도 생일이 3월 31일이라서 기분 좋다. 숫자 '3' 을 좋아해서 생일에 3이 두 개나 들어가는 것에 좀 뿌듯함을 느낀다. 숫자 3은 나한테 안정적으로 보인다. 곡선 두 개가 이어져서 그런지 그냥 멋있어 보인다.

내 생일날이라서 3이라는 숫자가 좋은 걸 수도 있겠지만 그것 제외하고 딱 봐도 멋있어 보이는데 더 따질 게 없다. 3은 진짜 제일 멋지다. 사실 3의 배수도 좋아한다. 9까지만 좋지만. 369 셋이 같이 놔두면 뭔가 좀 닮은 것 같기도 하다. 둥글둥글한 놈들끼리 있어서 그런지 보고만 있어도 바닷물 보는 것처럼 아무 생각도 없이 편안해진다.

뭔 헛소린지 모르겠네. 그냥 내 생일 숫자가 좋다고. 나중에 친구한테서 선물을 뜯어낼 거다. 전에 뭐 먹고 싶은 것이 있었는데 그거 해달라고 징징대야지. 문어빵 해달라고 해야지. 생일 선물 말고 그냥 먹고 싶다고 뜯어야겠다. 언젠가는 해주겠지.

– 유진

2014년 4월 15일 화요일

　　짜증난다. 나는 현재 학교 신문을 제작중이다. 1층 교무실 맨 구석에 위치한 취업 지원실 3번째 컴퓨터에서 편집 작업을 진행 중인데……. 쓸 이야기가 없다. 신문은 2장 내야 하는데, 아직 1장밖에 완성하지 못 했다.

　　아, 미치겠다.

– 정훈

2014년 4월 16일 수요일

며칠 전에 학교에서 창문을 타 넘다가 발뒤꿈치에 금이 갔다. 처음에는 충격이 강해서 잠시만 아프다가, 아프지 않을 줄 알았다. 그런데 생각보다 너무 아팠고 나아지지 않았다. 그래서 결국 조퇴를 하고 병원에 갔다. 병원에서 한 달 동안 깁스를 해야 한다고 했다. 발에 깁스를 한 것은 처음이라서 너무 답답하고 막막했다. 발을 핑계로 학교를 일주일이나 쉬었다.

그 비슷한 시기에 학교에서 친구들과 사이가 좋지 않아서 나쁜 생각을 했었다. 가족들의 속을 썩이고 주위 사람들의 속을 썩였다. 그래서 학교에 가기 싫었다. 발을 다치고 일주일이나 학교를 쉬었더니 학교가 너무 가기 싫었다. 그래서 무단결석을 했다. 엄마한테는 학교에 간다고 하고 다른 곳으로 갔다. 어딜 갈까 고민하다가 결국에 간 곳이 독서실이었다. 모두 등교할 시간에 혼자 독서실에 앉아 있으니까 기분이 이상했다. 학교가 아닌데, 학교 문제로 스트레스를 받고 싶지 않아서 그냥 잤다. 자고 일어나니깐 상쾌해서 좋았다.

독서실에 공부하러 온 것이 아니라서 하루 종일 휴대폰만 만졌다. 이것저것 하다 보니 시간이 꽤 흘렀고 엄마한테 연락이 왔다. 내가 학교에 가지 않은 것을 알고 계속해서 연락을 했지만 받지 않았다. 근데 엄마한테서 '걱정되니까 어디 있는지만 말해줘' 라고 문자가 왔다. 그 문자를 보는 순간, 너무 슬프고 서러웠다. 그래서 울면서 답장을 했다. 울고 나니까 지치고 피곤해서 다시 잤다.

자고 일어나서 휴대폰을 봤는데 안산 단원고등학교 학생들이 제주도로 수학여행을 가는 길에 사고를 당했다고 기사가 떴다. 처음에는 세월호에 탑승한 모든 사람들이 구조가 되었다고 기사가 떴다. 그래서 안도했다. 그런데 그것은 오보였고 실종자들이 점점 많아졌다. 아직 스무 살도 되지 않은 단원고 학생들이 대부분이었고, 단원고 선생님들과 신혼여행을 가는 부부, 또 오랜만에 친구 분들을 만나 함께 여행을 가시는 어르신들도 있었다. 한순간의 사고로 차가운 바닷속에 흩어지게 된 것 같아서 슬프고 눈물이 났다. 캄캄한 바닷속에서 얼마나 무섭고 추울까 생각하니 너무 마음이 아팠다. 모두가 무사히 구조되어 밖에서 애타게 기다리고 있는 가족들에게 돌아갔으면 좋겠다고 생각했다.

　세월호 사건을 보면서 내 행동을 반성하게 된 것 같다. 학교에 가고 싶어도 가지 못하고 힘들어하고 있는 학생들을 보니 나는 엄살을 피운 것 같아서 너무 미안했다. 그래서 학교에 다시 가기로 마음을 먹었다. 나는 세월호 사건에 희생된 사람들을 영원히 잊지 않고 기억할 것이다.

－ 민지

2014년 6월 23일 월요일

버스를 타고 친구 연습실로 갔다. 버스 창밖을 보면서 가는데 병원 앞 길바닥에 어떤 아저씨가 누워 있는 건지, 쓰러져 있는 건지 모르겠지만 길바닥에 누워 있던데 병원에서 나오는 사람들이나 다른 사람들 모두 쳐다보지도 않고 아예 신경도 안 쓰고 다니는 걸 보고 '아, 그냥 누워 있구나.' 라고 생각했었는데 몇 정거장 지나고 생각하니까 길바닥에 여름인데 누워 있는데 그것도 병원 앞에서 여름에 더위 먹을지도 모르는데 아무도 신경 안 쓰고 그냥 다니는 걸 보니 뭔가 좀 마음이 그랬다.

그렇다고 내가 내려서 막 그럴 수도 없는 거지만 저대로 그냥 놔두기엔 좀 그렇고 어떤 사람이 보고 경찰이라도 불러줘야 하는 거 아닌가 싶기도 했다. 왜 사람이 길바닥에 그냥 누워 있는데 아예 신경도 안 쓰는 걸까라는 생각이 들었다.

그렇게 버스를 타다가 친구 연습실에서 만나서 놀다가 돌아가려고 전봇대를 지나가려는데 막 어떤 할아버지가 전봇대 주변에서 긴 머리로 고개 푹 숙여서 귀신같이 보이는 그런 모습으로 계속 서 있었다. 처음엔 밤이어서 잘 안 보이고 가로등에 살짝 비친 걸로 봐서 그냥 마네킹인 줄 알고 피하지도 않고 그냥 쓱 지나가는데, 옆에서 뭔가 느낌이 들어서 옆을 보니까 막 귀신처럼 머리를 풀어헤치고 머리 손질도 아예 안한 진짜 처녀귀신처럼 막 옷도 허름한 흰색 한복 같은 거 입고 있고 계속 아무런 움직임 없이 그 자리에 서 있었다.

바로 옆에서 봤는데 귀신인 줄 알고 놀랐지만 아무렇지 않은 척하고 빠른 걸음으로 가다가 연습실 건물 문을 거칠게 열고 들어가자마자 친구 보고 귀신인 줄 알았다면서 무서움을 털어 내렸다. 빨리 올라가자면서 같이 계단을 빨리 올라가서 연습실 열고 들어갔는데 빈 연습실이라서 둘이서 막 무섭다면서 그러다가, 그러고 보니 아까도 저 할아버지 있었다면서 그러다가 나도 어제 또 봤었고 어제랑 똑같은 옷이었다고 막 무서웠다는 얘기까지 이어가게 됐다.

집에 들어갈 시간이 돼서 혼자 연습실을 나와서 그 전봇대 지나쳐야 되는데 그 할아버지가 또 처녀귀신처럼 머리를 길게 늘어뜨리고 안 움직이고 가만히 서 있을까 봐 무서워하면서 떨리는 마음으로 걸었다. 그런데 다행히 없어서 골목을 빠져나가고서야 긴장이 풀리고 버스를 타고 집에 갔다.

하루 종일 귀신의 집에 들어가 공포 체험을 한 것 같다.

— 지혜

2014년 6월 30일 월요일

오늘은 여름 방학식을 하는 날이다. 이번 여름 방학도 다른 방학과 같은 방학이 될 것 같다. 유치원이나 초등학교 저학년일 때는 방학이 아니어도 부모님과 함께 여행을 자주 다녔는데, 중학교 때부터는 그런 일이 전혀 없는 것 같다.

어릴 때는 방학이면 놀러 갈 생각에 마냥 즐거웠었는데, 이제는 방학이라도 딱히 즐겁지가 않다. 방학이면 그냥 학교만 가지 않고 다른 생활은 다 똑같은 거 같다. 방학에 할 게 없어서 딱히 좋아하지 않는데 늦게 일어날 수 있어서 그거 하나는 좋은 것 같다.

중학교 2학년 때 너무 놀러 가고 싶어서 엄마한테 방학숙제로 꼭 가야 한다고 해서 엄마랑 단 둘이서 포항에 놀러 간 적이 있다. 예전에 포항 갈 때에는 아빠가 운전하셔서 갔는데, 아빠는 못 가셔서 엄마랑 영대에서 버스를 타고 포항에 갔다. 포항에 도착해서 택시를 타고 해산물 시장을 갔었다. 포항에 가서 엄마와 엄청나게 회도 많이 먹고, 언니 놔두고 나온 게 양심에 찔려서 이것저것 다양한 회들을 사가지고 집으로 향했다.

금방 어두워져서 빨리 집으로 가는 버스를 탔는데, 가면 갈수록 주변에 대게 모형들의 간판들만 보였다. 주위를 둘러보면 모두 다 대게밖에 안 보였다. 알고 보니 대구로 가는 버스가 아니라 영덕으로 가는 버스였다. 식겁한 표정으로 엄마랑 바로 내려서 다시 대구로 가는 버스를 탔다. 포항에서도 엄청 회를 먹고, 집에 와서도 회를 엄청나게 먹어서 그동안 못 먹은 회들을 다 먹은 거 같아서 기분이 엄청나게 좋았다.

예전에는 방학이면 놀러 다녀서 너무 좋았는데 이제는 별로 딱히 방학이 기다려지지는 않는다. 다시 예전처럼 가족들과 함께 여행 다닐 수 있는 방학, 그런 방학을 매일 손꼽아 기다릴 수 있었으면 좋겠다.

– 예지

2014년 7월 23일 수요일

자고 일어났는데, 다시 잠들고 싶어서 눈을 감고, 마려운 오줌도 참아가며 더 자려고 애를 썼지만 이미 잠은 다 달아난 후였다. 꿈이 너무 생생하고 좋은 꿈이어서 아침부터 기분이 참 좋았다. 가끔 꿈에서 연예인이 나오면 평소엔 원래 관심 없던 연예인이어도 꿈을 꾸고 나서는 참 그 사람이 정이 가고, 더 눈길이 가게 된다.

참 신기하다. 꿈이라는 게. 평소엔 관심도 없고 생각도 안 하던 연예인인데 꿈에도 나오고 그 뒤엔 그 사람이 나에게 좋은 기억으로 저장돼서 그 사람이 그냥 좋은 거.

평소에 내 인간관계도 이렇게 쉬웠으면 좋겠다. 복잡하게 어렵게 말고 좋게 좋게. 내 꿈처럼 순수하고 깨끗하고 좋은 일들만 생기고.

나는 꿈을 굉장히 자주 꾼다. 정말 피곤한 날이 아닌 이상 거의 매일 신기하고 재밌는 꿈들을 많이 꾸는 거 같다. 내 친구 중에는 꿈꾸는 게 싫은 친구, 가위를 많이 눌려서 무서워하는 친구, 꿈을 잘 안 꾸는 친구들이 있다. 근데 난 꿈꾸는 게 재밌고 가끔은 즐기기도 한다.

꿈속에서 꿈이란 걸 알아도 그냥 그 상황이 너무 재밌고 그래서 일부러 더 꿈에서 안 깨려고 한 적도 많고.

오늘은 아침부터 꿈 때문에 행복한 기운들로 가득한 하루였다.

― 재연

몇 달 전 종례시간에 받은 안내장.

월드비전 후원을 해달라는 안내장이었다. 후원하고 싶은 나라와 지원해 주고 싶은 것을 선택할 수 있었다. 지원 항목에 음식, 옷, 물 등 여러 가지가 있었지만 나는 식수가 가장 중요하다고 생각했다. 그래서 매달 식수위생사업을 위해 만 원씩 기부하기로 했다. 그렇게 지원금이 통장에서 빠져나가는 것만 알고 있었지 별다른 생각은 없었다.

그런데 월드비전에서 후원을 해주어서 감사하다는 편지를 받았다. 편지에는 내가 기부하는 금액이 어떻게 쓰이고 잘 쓰이고 있는지 알려주는 글도 함께 있었다.

'김경은 후원자님은 월드비전의 소중한 후원자입니다' 라는 문구가 나를 사로 잡았다. 내가 기부하는 것으로 행복해지는 사람이 있구나. 만날 수도 없고 아주 멀리 있지만 환하게 기쁜 표정으로 웃고 있는 아이의 모습을 보면서 나도 행복 한 사람이 되었다.

- 경은

2014년 8월 27일

중학교 친구들과 오랜만에 만나 경주월드에 갔다. 일단 다 같이 만나서 기차를 타고 경주에 갔다. 여자 3명이라서 한 명은 혼자 타야 했지만 기차 좌석은 마주 볼 수 있게 돌릴 수 있어서 외롭지는 않았다. 기차 안에서 빵도 먹고 과자도 먹고 이야기도 하면서 가니 금방 도착했고 얼른 내려 버스를 타고 경주월드 근처까지 갔다. 근데 처음 오는 경주라서 길도 잘 모르고 머릿속이 그저 멍했다. 경주월드 옆에 캘리포니아 비치가 있어서 그런지 버스 안에는 사람들이 북적북적 거렸다. 겨우겨우 목적지에 내려서 밥을 먹는데 마땅히 먹을 데가 없어서 근처 분식집에서 우동을 먹었다. 그날 먹은 우동은 뭔가 달랐다. 설레는 기분에 먹어서 그런지 더 맛있었다. 그리고 경주월드에 들어갔는데 우방랜드만 가보던 대구여자에게 경주월드는 환상의 나라였다. 스타트는 바이킹으로 사방팔방 뛰어다니며 안 타본 놀이기구가 없을 정도로 돌아다녔다 놀이기구는 대구와 비교도 못할 정도로 많았고 그만큼 재미있었다. 중간 중간 츄러스도 먹고 슬러시도 먹으면서 즐거웠는데 나도 늙었는지 체력이 부족한 건지 결국 식당 구석에 고등학생 2학년 여자 3명이서 잠이 들었고 정신없이 졸고 있던 중 친구의 부모님에게 전화가 왔고 데리러 경주까지 와주셔서 집에 무사히 갈 수 있었다. 친구들과는 학교가 달라서 많이 만나지도 못하고 전화도 잘못했지만 이렇게 오랜만에 만나서 얼굴 보니 너무 좋았다. 이 친구들과 언제까지 연락하고 얼굴 볼 수 있을지 모르지만 평생 함께 하고 싶은 친구들이다. 나중에 결혼을 하고 아이가 생겨도 옆에서 힘이 되고 같이 웃을 수 있었으면 좋겠다. 언젠가 꼭 그런 날이 오겠지? 다혜야, 한비야.

– 수연

2014년 9월 8일 월요일

내가 횡단보도를 건너고 있는데 오토바이 한 대가 내 앞을 잘 지나가다가 미끄러지듯 쓰러져서 놀랐다. 항상 바로 앞에서 어떤 사고가 터지면 그때만큼은 시간이 천천히 흐르는 것 같이 느리게 지나친다. 그리고 결국은 사고가 터진다. 사고가 터지고 나면 '아 그때 잡을 걸, 막을 걸' 하고 후회한다.

그 사고가 벌어지고 있는 동안에는 아무 생각 없이 느리게 천천히 지나치는데 사고가 터진 직후에는 순간적으로 정신을 차리게 된다. 아무리 순발력이 있었더라도 그 상황에 닥쳤을 땐 사람은 자연스레 정신을 놓게 되는 거 같다. 3인칭의 시선으로 보면 그렇게 빨리 지나가는데 1인칭으로 보면 슬로모션처럼 느리게 지나간다는 게 신기하다.

– 지혜

2014년 10월 15일 수요일

처음으로 울면서 일어났다. 나는 꿈을 잘 꾸지 않는다. 그리고 꿈을 꾸고 나서 일어나면 딱 한순간만 생생하게 기억하고 그 뒤로는 기억이 나지 않는다. 그런데 오랜만에 꿈을 꿨다. 그리고 하루 종일 기억에 남았다. 기분 좋은 꿈이 아니라 기분 나쁜 꿈이었다.

꿈을 풀어 말하자면 먼저 엄마가 나왔다. 그런데 엄마가 책상에 편지를 두고 어디론가 사라져 버렸다. 내가 그 편지를 읽었는데 우리가 너무 힘들게 해서 지친 엄마가 떠난다는 내용이었다. 편지를 읽은 나는 아무런 생각이 없었는지 그냥 가만히 있었다. 다음으로는 아빠가 나왔다. 그런데 옆에 다른 아줌마가 있었다. 그리고 그 사람이 새로운 엄마라고 했다. 나는 울었다. 그 아줌마는 아빠가 없을 때 나를 때렸다. 그래서 계속 울었다. 그리고 꿈에서 깼다. 울면서 깨서는 엄마를 찾았다. 엄마가 거실에 있는 걸 보면서 안도했다.

정말 엄마가 떠나지 않도록 엄마한테 잘해야겠다고 생각했다. 엄마한테 꿈 이야기를 해줬는데 엄마는 별 반응이 없었다. 다행이었다. 꿈이랑 현실은 반대라고 하니까 엄마가 나를 떠나지 않을 것이라고 생각한다. 엄마 사랑해.

– 민지

2014년 10월 15일 수요일

오늘 아침에 엄청 좋은 사업 아이디어가 떠올랐다.

1교시부터 공책을 꺼내 이아이디어가 없어질까 무서워 계속 적고 있었는데,
선생님한테 걸려서 혼났다.

아, 내 아이디어도 혼쭐이 나서 달아나버렸다.

– 정훈

2014년 10월 17일 금요일

저녁을 먹는데 아빠가 뭐가 되고 싶으냐고, 대학은 어디로 갈 거냐며 다 정해 놓았냐며 기습적으로 물었다. 나는 확실한 답변을 하지 못 했다. 밥 먹는데 그런 거 묻는 거 아니라며, 어물쩍 넘기기는 했지만 요즘 들어 내가 심각히 고민하는 부분이다. 지난주까지 만 해도 확고했던 내 꿈이 무지막지하게 흔들리고 있기 때문이다.

내 꿈은 유치원 선생님, 변호사, 의사 등을 거치고 거쳐 노래를 좋아해서 꿈꾸게 된 작사가에 정착한 줄 알았으나 현실을 직시하니 작사가는 힘들 거라 생각된 지금 나는 방황 중이다. 앞길이 막막해지니 생각나는 대로 기자며 바리스타며 무작정 알아보기도 했다.

하지만 역시 사공이 많아지면 배가 산으로 가는 법. 내가 좋아하며 일을 할 수 있는 직업을 찾고 그게 꿈이 되어야 하는데, 몇 개월 뒤면 고3인데 지금 이러고 있으니 스스로가 답답하다.

너는 장래희망이 뭐야 라고 묻는 말에 나는 아무런 대답을 할 수 없고, 희망 직업을 적으라는 칸에 나는 아무것도 적을 수 없다.

– 경희

고3 졸업반이라서 그런가. 10대의 마지막이라 그런가.

매년 지는 낙엽인데 올해는 낙엽이 차츰 질 때마다 쓸쓸하고 아쉽다. 왜 미리 알지 못했나 하고 아쉬워하며 매일 담는 학교 풍경. 단풍이 수채화처럼 빨간색, 노란색, 주황색, 분홍색 색색이 아름답다. 어떻게 표현을 해도 모자랄 만큼 아름답다.

내가 19년 동안 본 곳 중 가장 아름다운 곳은 우리 학교이다. 그 매력을 친구나 가족에게 알려주는 것도 즐겁고 새로운 꽃, 나무 등을 발견하면

"와! 헐-, 진짜 예뻐- 어떡해, 어떡해- "

하고 호들갑을 떨지만 나만 아는 혼자만의 기쁨이 있다. 그것은 다른 무엇으로도 채울 수 없다.

내가 사랑하는 우리 학교의 풍경들이 앙상한 가지만으로 변하고 있어 슬프다. 그러나 시간의 흐름에 따라 변하는 자연은 어찌할 수가 없다. 하지만 졸업 전 꼭 기대하고 보고 싶은 그림이 있다면 가느다란 가지만 남은 나무들 위에 소복이 쌓인 눈을 보고 싶다. 한동안 그 풍경을 바라보면서 말이 없을 것 같다.

12월의 하얀 풍경을 기대하며 졸업 후에도 봄,여름,가을,겨울에 자주 찾아올 것을 다짐한다.

– 경은

2014년 10월 23일 목요일

정갈하게 3:7 가르마로 내려 묶은 머리.

빳빳하게 다리미질한 교복.

무릎을 살랑살랑 가리는 치마.

얼굴에는 자연스러운 미소.

면접을 본 것이 2주 전이다. 내일은 면접 결과 발표 날이면서도 학교 체육대회이다. 체육대회를 신나게 즐길 수 있을까?

사실 늘 하루 일찍 나오는 합격자 발표 덕에 어제부터 마음을 졸였다. 오후 6시가 다 되어갈 때쯤 우리 집 변기통 위. 휴대폰으로 홈페이지에 들어갔다. 드디어. 드디어. 지역인재 최종 합격자 공지가 떴다.

"꺄~!@0#^&*20_1+ㅣㅣ+#@7$%^&0_+"

90803001 김보리, 시작이다.

- 보리

2014년 10월 23일 목요일

학교를 마치고 집에 가는 길에 버스에서 그 친구를 만났으면 좋겠다고 생각했다. 동대구역지하도라는 곳에서 환승을 하는데 가끔 시간대가 맞으면 친구와 마주치는 일이 있고 해서 그냥 문득 생각이 났다. '아, 오랜만에 만나서 산책이나 하면 진짜 좋겠구만' 하고 속으로 중얼거리고 약간 기대하는 마음으로 버스를 탔지만 친구가 없어서 아쉬운 기분이 들었다.

아쉬웠지만 당장에 버스로 불러낼 수도 없으니 이어폰을 꼽고 노래나 듣고 좀 졸면서 집으로 왔다. 집에 도착해서 가방을 내려놓고 교복을 막 벗은 차에 그 친구한테서 연락이 왔다.

문자로 '님어디' 라고 묻기에 집이라고 답을 하니 나오라고 했다. 알겠다고 답을 하고 옷을 갈아입고 친구를 만나러 천천히 내려갔다. 사실 나오라고 한 시간에 늦어 빨리 나가야 하는 상황이었는데, 왠지 빨리 내려가고 싶지 않았다. 밥도 뜸을 들이는 것처럼 지금 나의 기분이 더 깊어지도록 뜸을 들이고 싶었다. 장난 좀 쳐볼까 하는 마음도 약간 있었지만 좋게좋게 해석해야지.

엄청 늦은 것도 아니어서 별 말 없었다. 그렇게 좀 떠들고 산책하고는 헤어져서 집에 돌아왔다. 다음에는 김밥천국에 가서 밥 먹자고 해야지. 친구는 돈까스 먹으라고 하고 나는 순두부찌개 먹고. 그러려면 또 만나야 한다. 그럼 그때는 내가 먼저 문자를 날려야지.

– 유진

2014년 10월 24일 금요일

오늘은 체육대회를 했다. 우리 학교는 같은 과끼리 과 티를 맞추어서 옷을 입는다. 식품유통학과는 검은색이었다. 조금 칙칙한 색깔이었지만 단체로 입으니 뭔가 있어 보이긴 했다. 다른 과들은 연두색, 빨간색, 흰색 등등 색깔이 예뻤다. 다음 체육대회에는 상큼한 색깔의 티를 입고 싶다.

우리는 다른 과들보다 응원을 열심히 하지 못 했다. 1학년인 내가 실장이라는 이유로 앞에 나가서 응원가를 열심히 불러야 했다. 나는 남들 앞에 나서서 뭘 하는 게 부끄럽다고만 생각했다. 역시 처음에는 너무 부끄럽고, 창피했다. 하지만 응원소리가 다른 과보다 작아서 이렇게 해선 안 되겠다 싶었다. 그래서 눈 딱 감고 응원을 했다. 그리고 3학년 언니가 도와줘서 부끄러움을 떨치고 응원을 할 수 있었다. 처음이 어렵지 그 다음부터는 크게 불렀다. 2, 3학년 언니들과 내 친구들도 열심히 잘 따라 불러주었다. 너무 고마웠다. 이렇게 같은 과끼리 모여서 응원하고 웃고 떠들고 나니깐 기분이 엄청 좋아졌다. 이런 기회를 자주 만들면 좋겠다.

마지막으로 히어로 달리기라고 600m 달리기를 하였다. 나는 계주 선수로 나갔었다. 처음에는 떨리는 마음도 없었고, 긴장되지도 않았다. 근데 달리기 전에 운동화 끈을 묶는데 갑자기 손이 떨리고 다리가 떨렸다. 게다가 뛰는 순서가 첫 번째였다. 이런 적은 처음이었다. 정말 바통을 잡고 있는데 땀 때문에 계속 손에서 미끄러질 것만 같았다. 이번에도 눈 딱 감고 뛰었다. 달릴 때는 아무 생각도 안 났다. 앞머리 신경도 쓰지 않고 막 달렸다. 그런데도 2등으로 달리다가 3등으로 뒤처졌다. 같은 과 친구, 언니, 오빠들에게 너무 미안해서 고개도 못 들고 멍하게 서 있었는데, 같은 반 친구가 정말 잘 뛰었다고 웃어줬다. 너무 고맙고 눈물이 날 뻔했다. 고등학교 첫 번째 체육대회를 이렇게 기분 좋은 마음으로 끝낼 수 있게 해준 모든 사람들에게 고마웠다.

다음 해의 체육대회, 아직 얼굴도 모르는 후배들과 함께 할 체육대회가 벌써 기대된다.

- 평은

2014년 10월 24일 금요일

오늘은 체육대회이다. 원래는 1학기에 체육대회를 하기로 했었는데, 세월호 사건 때문에 취소될 뻔했지만 그래도 2학기에 하게 되어서 기뻤다. 중학교 때에 우리 학교 운동장이 너무 작아서 학교 운동장에서 하지 않고 대구스타디움에서 체육대회를 했었다. 정말 넓어서 더 재미있고 그랬었는데, 지금 고등학교는 워낙 커서 정말 그때 못지않은 체육대회였었던 것 같다.

우리 반 반티는 검은색 맨투맨이었다. 가격은 비쌌지만 계속 입을 수 있는 무난한 티라서 좋았다. 나는 체육대회 경기중 줄다리기를 나갔다. 줄다리기도 별로 못하지만 다른 것은 그것보다 더 못 해서 내가 할 수 있었던 최선의 종목이었다.

체육대회 시작을 알리고 전교생들이 운동장에 모여서 시작했다. 우리 반 좌석은 조회대에서 좀 상당히 멀었다. 우리 과끼리 앉고 거기서 열심히 응원을 했다. 징, 장구, 북 이런 거는 안 된다고 해서 우리 반은 준비를 하나도 하지 않았는데, 다른 반은 북도 있고, 징, 꽹과리 오만 가지 들이 다 있어서 놀랐다.

우리 과도 나름 열심히 응원을 하고 같이 팀끼리 노래도 짜서 부르고 열심히 응원했지만, 솔직히 다른 반에 비해서는 좀 터무니없었다. 그래서 내년에는 더 열심히 준비해서 하기로 마음을 먹었다. 그래도 자기 종목들을 열심히 해서 좋았다. 열심히 하다 보니 점심시간이 되었다. 그때 너무 배가 고팠다. 그래서 빨리 점심시간이 오길 바랐는데 체육대회라 그런지 급식이 다른 날보다 더 맛있었던 것 같다. 열심히 놀아서 더 맛있게 느껴졌는지는 몰라도 정말 맛있었다.

점심을 먹고 또다시 그 다음 종목들을 했다. 그런데 시간이 가면 갈수록 우리 과 쪽으로 엄청나게 햇빛이 내리쫴다. 진짜 그때 햇빛 때문에 눈도 부시고 너무 더워서 죽는 줄 알았다.

그렇게 시간이 지나고 드디어 내가 나가는 줄다리기가 시작됐다. 우리 반은 조경과랑 붙는 거였다. 장갑을 끼고 힘을 들이는 찰나, 1초도 아니고 거의 0.2초만에 그냥 진 거 같다. 제대로 마음 먹고 입을 앙 다물고 정말 열심히 당겼는데 당기자마자 바로 끌려가서 놀랐다. 진짜 조경과 힘은 대단한 것 같다. 감탄할 수밖에 없는 경기였다.

마지막 종목은 히어로 달리기였다. 히어로 달리기는 선수들을 여러 명 뽑아서 이어달리기를 하는 거다. 그게 마지막으로 하는 것만큼 스릴 있고 재밌었던 것 같다. 나는 우리 과가 점수가 엄청나게 낮게 나올 줄 알았는데, 의외로 정말 높게 나와서 놀랐다. 점수는 기억 안 나는데 우리 과가 4등을 했다. 그래서 기분이 좋았다. 1등은 기계과였는데 기계과가 우리 반 옆자리에 앉아서 진짜 열심히 응원하는 것을 보고 1등할 것 같다는 생각을 했었는데 진짜로 그렇게 되어서 진심으로 축하해 줄 수 있었다.

다음 체육대회에서는 진짜 열심히 응원하고 내가 나갈 수 있는 종목에 더욱 최선을 다해서 더 좋은 결과가 나올 수 있으면 좋겠다.

– 예지

2014년 10월 28일 화요일

왠지 모르게 외로운 날

오늘은 내가 솔로고 내 친구들은 전부 커플이어서 느끼는 그런 외로움 말고, 사람, 인간 관계에서 외로움을 느꼈다.

그냥 평소에는 '그냥 그렇구나.' 하고 넘길 일들이 오늘은 더 서운했고 더 마음에 남았다.

사람들과의 관계에서 내 것을 더 주고, 더 잘해 주려고 한다. 이기기보다는 져 주려고 하는데 상대방은 그런 내 마음도 몰라주고 자기 주장만 내세우고 나의 배려를 몰라줄 때.

'꽃보다 청춘'에서 이적이 정말 공감되는 말을 했었다. 오늘 내가 느끼는 그런 기분과 딱 맞는 말.

"대가를 바라진 않았지만 내가 배려를 하고 있음을 알아주었으면 하는 마음은 가지고 있었던 거 같다."

내가 딱 그랬다. 대가를 바라고 누군가를 배려하는 건 아니지만 그래도 그 사람이 내가 자기 자신을 배려하고 있음을 알아줬으면 하는 그런 마음. 그래서 오늘 섭섭하고 서운했다.

– 재연

나는 현실과 가상의 사이에 서서 지내고 있다. 가상세계에 가는 것은 도망이 아니라 꿈꾸기 위해 가는 것이었고, 나를 위로할 수 있는 유일한 공간이었기에 이동하는 것이었다.

현실은 가상을 위해서라도 나의 목표를 위해서라도 이루고 싶은 것을 하루빨리 이루고 싶어서 열심히 공부하는 공간이 되었다. 과거에 펑펑 놀던 나 자신을 부끄럽게 생각하면서 공부하고 있다.

그리고 점점 좋아지는 것이 성적이나 내 꿈을 향해 한 발짝 나아가는 새로운 나의 모습이다. 하지만 대인관계가 엉망인 것은 어디든지 같았었다. 친구들과 싸우고 뒤를 먼저 돌아버리는 것으로 비운의 엔딩과 함께 '친구들'이라는 대인관계가 끝나버린다. 엄청나게 좋지 않게 끝나버린다. 내년, 3학년이 되어 그들과 같은 반이 될까 봐 맘이 안 좋다.

미래에는 그들을 남으로 생각할 것이고, 마주한다 하더라도 인사도 하지 않고 지나칠 것이다. 왜냐하면 늘 그랬으니까.

가상과 현실 경계선에 서서 지내고 있는 내가 생각하는 목표는 두 세계를 잇는 것도 있지만, 상상 속에서 만든 캐릭터들로 애니메이션, 소설 등을 써서 다양한 세계 전체를 떠돌게 해주고 싶은 생각에 그것들을 실천하게 되었다. 미래의 내가 이 꿈을 다른 어른들처럼 포기하는 일이 없게 지금의 나는 열심히 일해야 한다는 것은 누구보다 내가 더 잘 알고 있는 사실이다.

그렇기에 나는 공부한다.

– 수민

2014년 11월 5일 수요일

먹고 싶은 게 있어서 슈퍼에 사러 갔는데 다 팔리고 없어서 딴 거 살 때가 정말 아쉽고 슬프다. 그래서 나중에 또 가고, 한 달 지나서 또 가고, 또 가고, 가 봐도 없을 땐 정말 슬프다.

근데 하필 오늘 또 없다.

내가 갔을 때 한 개라도 남아 있었으면 좋겠다. 맨날 내가 가면 없고. 사러 갈 때마다 즐거운 마음으로 사러 갔는데 없어서 실망하면서 돌아선다. 그러면 찾는 게 없으니까 딴 걸로 대체해서 사 가는 게 반복된다. 하지만 물건을 사도 뭔가 충족되지 않고 그냥 허전하다.

— 지혜

2014년 11월 7일 금요일

오늘은 우리 학교에서 처음 축제를 하였다. 이전까지만 해도 우리 학교는 축제를 하지 않았다고 한다. 고등학교 들어오자마자 첫 축제를 하니깐 뭔가 설레고 축제에 대한 환상이 있었다. 이번에도 우리는 체육대회 때처럼 학과 티를 입고 과대로 앉았다. 중학교 때는 무조건 반끼리만 했는데 고등학교를 오니깐 같은 과끼리 하는 게 많다. 나름 축제라고 들뜬 기분에 우리는 화장을 조금 하였다. 담임 선생님께서도 아주 연하게 하는 것은 허락해 주셨다. 최대한 연하게 하고 축제를 할 강당으로 모였다. 벌써 많은 친구들과 언니, 오빠들이 줄을 서고 있었다. 나도 얼른 줄을 섰다.

드디어 축제가 시작되었다. 우리 학교는 사회자를 따로 모셔서 진행했다. 사회자는 시작에 앞서 각 과를 응원할 수 있는 대표 한 명씩 무대로 나오라고 하였다. 보통 저런 것은 3학년 언니나 오빠들이 나가기 때문에 1학년인 우리는 누가 나가는지 두리번거리면서 모두 조용히 있었다.

근데 아무도 안 나가는 것이다. 상황이 그렇게 되자 내 친구들이 나 보고 나가라고 부추기게 됐다. 무슨 말도 안 되는 소리냐며, 나는 아주 단호하게 거절했다. 하지만 내 친구들은 끝까지 나가라고 하고 주위에 친구들이 많아서 안 나가면 안 되는 상황에 눈치가 보였다. 도살장에 끌려가는 소처럼 겨우 등 떠밀려 무대로 올랐다.

그렇게 과마다 대표 한 명씩 모두 나왔다. 다른 과는 거의 2, 3학년 오빠들이 나왔다. 1학년 여자애가 나온 과는 나밖에 없었다. 정말 아직도 생각하면 얼굴이 붉어진다. 초반 분위기를 살리기 위해, 과 대표로 나온 사람은 순서대로 춤을 춰야 했다. 진짜 미쳤다. 나는 많은 사람 앞에서 적극적으로 할 수 있는 애가 아니었는데, 언제부터인가 눈 한번 딱 감고하면 뭐든지 된다고 생각했다. 이제 내 차례가 되었다. 그냥 미친 듯이 춤을 추었다. 진짜 열정적으로 췄는지 사회자께서 문화상품권을 3장 주었다. 정말 뿌듯했다. 그리고 같은 과 친구들 선배들도 정말 잘했다고 칭찬해 줬다. 정말 나 자신이 자랑스러웠다. 솔직히 그 앞에 나가서 춤도 안 추고 부끄럽다고 가만히 있으면 사람들의 눈빛이 좋지 않을 것 같아서 춘 것도 있다.

그렇게 축제는 흥겹게 시작되었다. 처음에는 과끼리 사람을 뽑아서 체육대회처럼 게임 같은 것을 하였다. 정말 너무 재밌었다. 덕분에 반 친구들이랑 더 친해진 것 같아서 좋았다. 그리고 또 노래도 부르고 춤도 췄다. 제일 먼저 우리 학교 관악부 연주로 시작하였다. 우리 학교 관악부가 정말 멋지고 자랑스러웠다. 왜 관악대회를 나가면 상을 타오는지 증명이 되는 자리였다. 이어서 멋지게 혼자 랩을 하는 오빠도 있었고, 같이 노래 부르는 오빠들도 있었다. 그리고 우리 학교 댄스부 언니들은 정말 예쁘고 춤도 잘 췄다. 그리고 반 전체가 나와서 단체 춤을 춘 반도 있었고 같은 과끼리 한꺼번에 나와서 춤을 춘 사람들도 있었다.

우리 학교 첫 축제는 정말 재밌었다. 오늘 하루는 내가 진정 축복 받은 자라는 것을 느낄 수 있었다. 내년 축제가 벌써 기다려진다. 그때는 2학년이 되어서 좀 더 다른 느낌으로 다른 자리에서 축제를 즐기고 있겠지?

- 평은

2014년 11월 8일 토요일

오늘은 ITQ 파워포인트와 인터넷 자격증 시험을 치는 날이다. 1교시에 인터넷을 치고 2교시에 파워포인트를 쳤다. ITQ 시험은 500점 만점에 400점 이상 점수를 받으면 A를 받고, 300점 이상 400점 미만은 B를 받게 된다.

인터넷과 파워포인트는 1시간씩 시험을 치는데 파워포인트를 칠 때는 시간이 모자라서 덜하고 제출해야 했다. A가 안 나오면 또 시험을 쳐야 하기 때문에 완벽하게 하고 싶었지만 시간이 부족해 다 하지 못 했다. 시간이 부족한 건 결국 나의 실력이 부족하다는 것이겠지만······.

지난 ITQ 한글 시험을 칠 때도 표 작성을 덜해서 아슬아슬하게 A를 받았지만 이번에는 B를 받을 것 같다. 다음에는 더 열심히 공부해서 500점 만점에 500점을 맞고 싶다.

– 나경

2014년 11월 11일 화요일

빌어먹을, '빼빼로 데이' 란다. 오늘이.

오늘은 '빼빼로 데이' 가 아니고 '농업의 날' 인데 빼빼로 데이라고 학교에선 애들이 다들 빼빼로를 사와서 서로 주고받으며 하루 종일 초콜릿처럼 달달한 하루를 누린다. 어떤 애들은 평소에 관심이 있던 애들한테 마음을 표시하면서 커플이 되고, 내 주변엔 벌써 3쌍이나 커플이 됐다. 정말 나만 빼고 다 사랑을 하고 연애를 하는가 보다. 축하해 줄 일이고 기쁜 일이지만, 흥!!, 나만 빼고 다들 커플이야.

이런 기념일 아닌 기념일이면 기분이 좋다가도 안 좋다. 이런 자괴감이 들고 우울한 날은 도대체 누가 만드는 건지 정말. 그래도 나도 빼빼로를 안 받은 건 아니다. 물론 남자는 아니고 여자 친구들한테 받았지만. 그래도 이런 날이면 보통의 날과는 다르다는 것만 해도 괜스레 기분이 설레고 좋다.

혹시 모를 기대랄까 ㅋㅋㅋㅋㅋㅋㅋㅋㅋ

빼빼로 데이라고 남자친구가 생긴 건 아니었지만 아빠가 나에 대한 사랑을 표시하며 빼빼로를 주셨고 친구들한테도 많이 받아서 지금 내 입에선 초코가 나올 것만 같다.

오늘은 달달한 듯 씁쓸한 하루다.

– 재연

2014년 11월 11일 화요일

교실이 허전하다. 3학년 교실은 텅텅 비었다.

친구들이 대부분 취업 나가서 반에는 잉여인간 6명밖에 남지 않았다. 그중에 하나가 나라는 것이……. ㅠㅠ

– 정훈

2014년 11월 13일 수요일

오늘은 수능일, 하루 종일 꼼짝 한번 하지 않고 집에만 있었다. 우리 집은 늘 춥다. 난방을 틀어야 되지만 어른 한 명 없는 상태에서 난방비를 함부로 낭비할 수가 없었다. 그리고 어젯밤에 잠을 늦게 자는 바람에 자고 있는 시간이 길어진 것도 있었지만, 따뜻한 이불 속에 푹 빠져들어 몸을 일으켜 일어나거나 힘겹게 눈꺼풀을 뜨고 싶지는 않았다.

안방에서 도도(우리 집 고양이 1호)가 시끄럽게 울어대고 있었지만, 나는 달래 주지도 않고 그냥 가만히 있었다. 귀찮다.

모처럼 평일에 쉬는 날, 단 하루의 평일 휴일에 바깥은 너무 추웠다. 이렇게 추운 날 굳이 밖에 나가는 일은 썩 내키지 않는지라 그냥저냥 TV 시청이나 게임을 하는 것으로 시간을 보낸다. 안방은 바닥에서 발끝을 통해 한기가 고스란히 전해져 온몸 구석구석까지 퍼져 양말 없이는 바닥을 밟지 못하겠다.

– 세희

2014년 11월 14일 금요일

방과 후. 문득 필요한 물건도 살 겸, 걸을 겸하여 학교 후문에서 e마트 경산 지점까지 걸어갔다. 제법 먼 거리였지만 난 요즘 이렇게 무작정 걷는 것이 좋다.

길을 걷는 내내 내가 걷고 있던 길 쪽은 잎이 거의 떨어져가는 불쌍한(?) 나무들과 허허벌판인 작은 산 무더기들이 즐비하고, 그 반대쪽은 식당 여러 곳과 편의점, 좀더 가면 주유소까지 커다란 건물들이 마치 거대한 산을 뒤에 둔 채 제자리를 지키고 있었다. 폭이 넓은 도로를 중심으로 양 옆으로 서로 다른 풍경이 매우 흥미로웠다.

걷다가 왼쪽 커브길로 마트 안내판이 보이자, 나는 발걸음을 더욱 재촉하였다. 몇 십 분을 더 걸어서 겨우 도착해 눈앞에 보이는 커다란 e마트 건물을 보는 순간, 나는 무언가 느낌이 확 오기 시작했다. 예전에는 가끔 가다 그 e마트 경산 지점에 간 적도 있었지만, 지금은 가본 적이 없었기에 사실상 그리움이나 다름 없다고 할까. 그 시절에 대한 향수인가?

매장 안에서 물건을 사고 나가보니, 하늘은 이미 어두워져 있었다. 겨울이 되니 해가 은근 빨리 지는 모양이다. 나는 집에 가는 버스를 타기 위해 지나왔던 거리의 반대쪽 길을 걸었다. 저녁이 되자 배가 고파져 편의점에 들러 컵라면을 사 먹고 나서 횡단보도를 지나 정류장으로 향했지만, 버스는 10여 분 이상 기다려야 했다. 가뜩이나 시간이 가면서 점점 추워지는데 10분 이상 버스를 기다리며 길에서 떨어야 하는 게 정말 싫었다.

그렇게 간절히 기다린 버스가 도착했고, 버스 안은 꽤나 뜨끈해서 얼었던 몸이 살아나는 것 같았다. 그 열기를 온 몸에 품고 내린 덕에 버스에서 내려 집으로 가기까지 확 밀려오는 추위를 버틸 수 있었다.

가끔 이렇게 혼자서 무작정 걸으면서 낯선 풍경들을 접하거나, 익숙한 무엇을 만나거나 하는 경험들에 재미가 있다. 혼자 걷기는 낯선 풍경 속에 나, 익숙한 풍경 속에 나를 다시금 돌아보는 시간이 되는 것 같다. 그렇게 나만의 시간을 보내고 나면 그 길에 나의 무거운 짐들을 내려놓고 들어온다. 그렇게 홀가분해지는 기분이다.

오늘도 어딘가로 무작정 혼자 걸어가 보고 싶다.

– 세희

저녁 뭐 먹을까? 하는 엄마의 말에 나는 기다렸다는 듯이 '파닭'을 외쳤다. 저번에 친구가 알려줘서 먹어봤는데 너무너무 맛있었다. 그래서 또 먹고 싶어 파닭을 먹자 그랬고 분명 엄마, 아빠도 좋아할 것 같고 파가 들어 있으니 어른들 입맛에도 맞을 것이고 가격도 꽤 저렴하고, 콜라도 큰 게 따라오고 결정적으로 맛있으니깐. 이래저래 파닭 브리핑을 하니 아빠는 "네 먹고 싶은 거 시켜라."고 하신다. 그래서 후딱 주문하고 한 20분 정도 지나니 파닭이 왔고 파 무침에 소스도 쫙 뿌려놓고 세팅을 한 후,

"엄마, 아빠, 드세요."

나는 정신없이 먹고 있었고 엄마, 아빠도 잘 드시는 듯 보였으나 다시는 여기 시키지 말라며 맛없다고 아빠가 말씀하셨다. 그것도 다 먹은 후에, 맛만 좋은데.

내가 먹자고 한 음식을 먹어서 맛있다 하며 반응이 좋으면 나도 덩달아 업되고 기분 좋아지는 내 성격상 굉장히 엄마, 아빠에게 미안하고 무안했다. 파닭을 한참 먹고 있던 나마저 파닭이 맛없어지는 기분이었다.

- 경희

2014년 11월 15일 토요일

잠자리에서 눈을 떠보니, 11시가 조금 넘은 시간이었다. 곧바로 자리에서 일어나 세수를 하고 나서 현관을 살짝 열어 보았다. 햇빛은 따사롭고 싸늘하지 않은 기온이 상쾌했다.

방에서 잠시 시간을 때우다가 나갈 채비를 하고 도서관으로 갔다. 도서관 안에서 전경을 쭉 둘러보았다. 생각해 보니까, 최근 들어 꽤 오랫동안 이 용학 도서관에 간 적이 없었던 모양이다.

순간, 새삼스레 나에 대한 괴리감이 들었다. 엄마의 수술에 관한 것과 아빠가 계시지 않는 동안 나 혼자서 집안을 돌봐야 한다는 사실 때문에 나 스스로가 원하는 일에 관심을 둘 틈이 줄어든 것이었다.

자신에게 긍정적 마인드를 유지할 것을 억지로 강요할 게 아니라 힘든 상황에서도 긍정적 행동을 실천하는 일이 가장 중요한 일인데, 나는 그런 것조차 해내기 어려워했단 말이 되는 걸까? 이젠 아무리 생각해도 내가 무엇을 해야 할지, 이 기분을 어떻게 떨쳐내야 할지 모르겠다.

– 세희

2014년 11월 16일 일요일

주말만 되면 나태해진다. 평일에는 학교가 너무 힘들어서 학교 끝나고 남은 6시간 정도를 늘어져 지내는 걸로 간간이 버티지만, 주말만 되면 내 몸이 힘이 없어지고 움직이기도 힘들며 살기가 귀찮아진다.

주말이면 소파에 누워서 미동도 없이 텔레비전을 보고 있기는 하지만 사실 이건 텔레비전을 보는 게 아니라 아무 생각 없이 식물인간처럼 누워 있는 것과 같다. 텔레비전의 화면과 소리는 이미 듣지도 보지도 않는다. 그러다가 개그콘서트가 끝나는 노래가 들리면 다음날 학교에 가는 것이 생각나 우울감이 폭발한다.

소파에 그대로 누운 채로 '학교에 왜 불 안 나지? 왜 방학 엄청 늦게 하지? 왜 내일 학교에 가야 하지?' 끊임없이 투덜댄다. 학교 가는 날은 5일인데 일주일 같고 쉬는 날은 2일인데 왜 하루만 쉬는 것 같고 일요일은 월요일이 온다는 것을 느끼면서 정신 고문을 당하는 거 같아서 제대로 쉬지도 못한다. 생각이 이쯤 되면 숨 쉬는 것도 귀찮아지다가 사는 게 사는 것이 아니게 된다.

'아프면 청춘'은 무슨, '아프면 환자지'

자정 열두 시 정각되기 한 시간 전쯤이면 정신이 반쯤 나가게 된다. 아 내일 학교 갈 생각을 하니 요단강으로 번지점프하고 싶다.

– 유경

2014년 11월 17일 월요일

나는 미술시간을 싫어한다. 왜냐하면 나는 그림도 못 그리고, 색칠도 못하고, 미술실은 의자도 불편하고 춥다. 그래서 나는 미술이 든 월요일을 싫어한다. 오늘도 가기 싫은 마음을 눌러 넣고 미술실에 갔다.

오늘은 미술 선생님이 연예인 캐리커처를 그린다고 하셨다. 뭔가 흥미가 생겼다. 왜냐하면 수많은 연예인 캐리커처를 보았는데 재밌는 것이 정말 많았기 때문이다. 그중에서 내 기억에 제일 많이 남는 캐리커처는 백지영 그림이었다. 나는 백지영을 그리기로 하였다. 선생님께서는 다른 사람이 그린 캐리커처를 보고 따라 그리라고 하셨다. 나는 다행이라고 생각했다. 따라 그리는 것은 어느 정도 할 수 있기 때문이다.

같은 모둠에 앉았던 선미는 유재석을 그렸고, 현민이는 김준현을 그렸다. 그리고 성은이는 양현석을 그렸다. 모두들 손재주가 좋아서 정말 잘 그렸다. 정말 손재주 있는 사람이 부러웠다. 나도 열심히 그렸다. 뭔가 쉬운 듯하면서 어려웠다. 백지영이 이제 나이가 있어서 그런지 주름살도 표현해야 했었다. 명암 넣는 게 힘들고 주름을 자세하게 그리는 것도 힘들어서 그냥 백옥피부로 만들어 주었다. 그리고 백지영의 상징인 마이크도 그려주었다.

미술 선생님께서는 분위기 있게 노래도 틀어주셨다. 평소에 노래 듣는 걸 무척 좋아해서 기분이 더 좋아졌다. 요 근래 미술시간 중에 오늘이 제일 즐거운 시간이었던 것 같다. 살면서 내가 좋은 것만 할 수 있는 게 아니니깐 앞으로 내가 안 좋아하는 것을 해도 기분 좋은 마음으로 적극적으로 해야겠다.

– 평은

2014년 11월 18일 화요일

유통현장체험학습을 1박 2일로 수원에 있는 AT 유통공사 교육원에 갔다. 생각보다 좋은 시설에 놀랐고 2인 1실이라 너무 좋았다.

첫날에 서울 양재동에 있는 화훼공판장에 갔다. 많은 꽃들을 볼 수 있어서 너무 좋았고 책에서만 보던 경매 현장을 볼 수 있어서 더욱 좋았다. 아저씨들이 알 수 없는 말을 하며 화훼경매를 하는데 처음 보는 나는 마냥 신기할 수밖에 없었다.

또 남산타워를 갔는데 태어나서 처음 가본 거였다. TV에서 본 것처럼 번쩍번쩍하고 낭만 있는 곳은 아니었다. 자물쇠만 엄청 많고 연인들도 많았다. 짜증났다. 하지만 해가 저물고 저녁이 되자 낮에 봤던 남산타워는 없었다. 타워가 캄캄한 밤하늘 속에서 빛나고 있었고 엘리베이터로 올라가 전망대에서 내려다본 도시는 꽉꽉 막힌 도로 위차들의 불빛으로 가득 차있었다. 그 차 안에 있는 서울 사람들은 답답하겠지만 나는 눈이 반짝반짝했다. 사진도 엄청 많이 찍고 내려와 돈가스를 먹었다.

다음으로 간 곳은 63빌딩 아쿠아리움. 한 걸음 뗄 때마다 종류 다른 물고기들이 나와서 눈을 뗄 수 없었다. 물고기들을 구경하다가 물범 3마리를 만났고 한 마리는 잠을 자고 2마리는 싸우고 있었다. 한 마리가 입으로 깨무는데 당하는 물범은 팔이 짧아서 파닥파닥 거리는 게 너무 귀여워서 한참을 바라보고 있었다.

하루 종일 신기한 것들을 보고 있으니까 입에서는 감탄사가 끊이지 않았고 나는 서울에 처음 오는 촌년 같았다. 숙소에 돌아와서는 선생님들이 치킨을 사주셔서 진짜 맛있게 먹었다. 빵빵하게 부른 배를 통통 치고 있을 때쯤 노래방이랑 피트니스센터를 써도 된다고 직원분이 말씀하셔서 노래방에서 노래 부르고 피트니스센터 가서 러닝머신 뛰고 탁구치고 그날 하루는 최고의 날이었다.

거기까지 가서 잘 우리들이 아니라서 새벽까지 놀다가 컵라면까지 먹고 기상 시간 1시간 전에 잠이 들었다 일어나자마자 씻고 아침밥을 먹었다. 여기서 지내면서 좋은 점은 밥을 자기가 먹을 만큼만 가져가면 되는 거였다. 고기도 왕창 가져와서 먹고 후식까지 배부르게 먹었다. 그리고 강의가 시작되었고 나는 꾸벅꾸벅 졸 수 밖에 없었다. 몇 시간이 지나 강의가 끝나고 점심을 먹고 우리는 집에 갈 준비를 했다. 옷도 다시 갈아입고 짐도 다시 챙기고 버스에 올라타서 잠이 들었다. 새벽까지 놀아서 그런지 눈을 감고 눈을 뜨니 휴게소였다. 차가운 공기를 마시니 올라오던 멀미도 괜찮아지는 느낌이었다. 버스 안에서 과자도 먹고 귤도 먹으면서 친구들과 떠들다 보니 학교 앞에 도착이었고 집에 들어가서 옷만 다 벗고 다시 잠들어 버렸다. 다음날 일어나 거울을 보고 환장하는 줄 알았다. 얼굴을 씻지 않고 자서 여드름이 곳곳에 나있었다.

– 수연

2014년 11월 18일 화요일

아침에 눈을 뜨니 아침이 아니다. 해는 보이지 않고, 칠흑같이 어두운 하늘과 흐린 달이 보인다. 주황색으로 거리를 밝히는 가로등은 아직 켜져 있고 사람들도 많이 다니지 않는다. 그리고 자세히 들어보면 저기 농장 비슷한 곳에서 키우는 닭 우는 소리랑 추어탕 집에서 키우는 개 짖는 소리도 들린다. 우리 동네는 좀 특이해서 반은 도시고 반은 시골 같다. 그래서 그런지 다른 곳보다 조용하고 느리다. 그런데 동네는 조용하고 느리건만, 내 등교 시간은 조용하지도 않고 느리지도 않다.

아침 5시 반에 일어나는데 들리는 알람 소리가 정말 듣기 싫다. 일부러 인셉션에 나왔던 'Dream Is Collapsing'이라는 킥에서 깰 때의 음악을 설정해 놨는데, 꿈에서 깰 때마다 꿈이 주르륵 녹아내려서 헉하고 깬다. 그 기분은 겪어본 사람만 안다. 개운하지가 않게 갑자기 확 깬 그 느낌은 밥을 반 정도 먹었는데 누가 확 가져가 버리는 기분이다. 그렇게 깼는데 하필 겨울이라 해가 짧아서 아직 밖이 시커멓다. 계속 침대에서 버티고 있고 싶지만 등교 시간의 압박이 장난이 아니다. 학교가 하도 멀어서 6시 반에는 나가야 학교에 8시쯤에 도착을 하니까 준비를 빨리해야 한다. 일어나서 무조건 샤워부터 한다. 샤워를 10분 정도 하고 나와 머리를 다 말리고 옷도 입으면 벌써 시간이 다 가 있다. 준비를 하도 느릿느릿하게 해서 시간이 간당간당 할 때가 많다.

시간을 보고 6시 반에 나가야 하는데 35분에 나가서는 허겁지겁 뛰어서 버스를 탄다. 겨울에 일찍 타는 버스에는 사람이 특히나 없다. 학생 두어 명이랑 할머니 할아버지 한두 분 정도? 버스 안도 그렇게 따뜻하지는 않다. 약간 미적지근한 온도다. 그래도 다행인 점은 냄새가 별로 나지 않는다는 것이다. 사람 많은 버스 안의 냄새는 온갖 냄새가 뒤섞여서는 구린내가 난다. 지하철은 더하다. 웬 이상한 만두 냄새 같은 게 나가지고 속이 울렁거린다. 사람한테서 나는 냄새가

217

제일 역하다는 생각이 들 정도다. 다른 사람들은 내 냄새를 맡겠지만 나는 다른 사람들 냄새를 맡는다. 서로서로 역하다고 생각하고 있을 거라고 상상하면 약간 웃음이 나온다.

버스를 타고 환승해서 지하철 1호선만 타고 쭉 학교까지 가는 것이 아니라 중간에 반월당역에 내려서 2호선으로 한 번 더 갈아탄다. 2호선은 자리가 좀 있어서 주로 앉아서 간다. 서서만 가면 다리가 약간 멍한 느낌이다. 정문에서 한 10분은 또 걸어야 하는데 서서 계속 가면 교실에 올라가서 다리가 진짜 저리다. 나도 후문으로 등교하고 싶다는 생각이 든다. 으, 우리 집은 왜 이렇게 먼지 모르겠다. 괜히 인문계 가기 싫어서 특성화고 왔나 싶은 생각이 들기도 하고, 그래도 나한테 인문계보다는 여기가 낫지…… 하는 생각도 든다. 그래도 교실에 도착해서 친구들이랑 떠들고 장난치면 재밌고 웃겨서 등교하면서 짜증났었던 게 사라진다. 집에 갈 때는 버스를 타고 환승 한 번만 하면 되니까 하나도 안 힘들다. 가끔씩 졸아서 내려야 할 정거장을 지나칠 때도 있긴 하지만 괜찮다. 버스 노선 보면 뭐 타고 가야 하는지 아니까 상관없다. 내일은 일찍 일어나야 하는데, 일어날 수 있으려나.

– 유진

2014년 11월 20일 목요일

이 년 반이라는 긴 시간 동안 렌즈를 낀 결과, 결국 눈에 염증이 생겼다. 그래서 지금 삼주 째 렌즈를 끼지 못하고 있다. 세상과 단절된 기분이 들어서 답답하다. 나는 시력이 어마어마하게 나빠서 세상 모든 것이 희미하게 보이고 색깔 구분만 겨우 할 수 있다. 처음에는 정말 답답했다. 과연 일상생활이 가능할까라는 생각도 들었고 당황스러웠다. 하지만 막상 살아보니 또 나름 편하기도 했다. 역시 사람은 적응을 잘하나 보다.

눈이 보이지 않으니까 안 좋은 점이 어마어마하게 많았다. 엄마랑 집에 가는 길이었는데 친구를 보지 못하고 그냥 지나쳤었다. 그래서 친구가 당황스러웠다고 했다. 또 저녁에 엄마랑 안과를 가려고 했는데 주변이 캄캄해서 엄마가 보이지 않았다. 엄마는 뒤에서 부르고 있는데 나는 앞으로 가서 너무 웃긴 상황을 연출했다. 그리고 이런 상황에서 수업을 들을 수 있겠는가? 그래서 예전보다 더 열심히 수업시간에 잔다. 좀 있으면 시험기간인데 이렇게 자도 되나 싶고 학교에서 영화나 수업 동영상을 볼 때도 아무것도 보이지 않아서 답답하고 짜증이 난다.

좋은 점은 쉽게 조퇴가 된다는 것이다. 눈이 보이지 않아서 사람 많은 곳에 가면 다칠까 봐 학교에서 뮤지컬을 보러 멀리 갔었는데 나는 조퇴를 할 수 있었다. 이게 좋은 점인지는 모르겠지만 난 좋았다. 또 안과를 핑계로 하기 싫은 것을 빠진 적도 있다. 학교에서 잘 때 렌즈를 끼고 자서 일어나면 눈이 아팠는데 지금은 렌즈를 끼지 않아서 자고 일어나도 아프지 않았다. 하지만 역시 렌즈를 못 껴서 불편한 점이 더 많다. 그래서 빨리 내 눈이 정상이 돼서 빨리 렌즈를 끼고 싶다. 이번 일로 내 눈을 소중하게 여기는 계기가 된 것 같다.

그리고 이번에 처음 안 사실인데 나한테 '안검내반'이 있었다. 안검내반은 밑에 속눈썹이 안으로 자라서 눈을 찌르는 현상이다. 그래서 눈에 상처를 내고 시력도 나빠지게 한다. 속눈썹이 안쪽으로 자라는 것은 알고 있었다. 하지만 그것이 내 눈에 상처를 내는지는 내가 고등학생이 된 지금에서야 알게 되었다. 난 아픈 것이 너무너무 싫은데 심해서 수술을 해야 한다는 의사선생님의 말씀에 겁부터 났다. 그리고 수술을 하기 전까지 눈에 더 이상의 자극이 없도록 밑에 속눈썹을 뽑았는데 너무 아프고 서러웠다.

진작 병원을 가볼 걸 하는 후회도 들었고 남들은 다 어렸을 때 치료를 하고 수술을 해서 해결을 했는데 나는 고등학생이 돼서야 알게 되었다는 것을 엄마에 대한 원망으로 돌리기도 했다. 하지만 엄마도 속상해 하는 것을 보고 그 원망을 접었다. 이제서라도 알게 되어 다행이라는 긍정적인 생각으로 성형외과에 가서 수술 날짜를 잡았다. 12월 31일, 겨울방학이 시작하는 날, 수술을 하기로 했다. 간단하고 쉬운 수술이지만 불안한 것은 어쩔 수 없나 보다. 수술이 잘 되었으면 좋겠다!

- 민지

2014년 11월 20일 목요일

조별 과제를 위해 조를 만들어 조원대로 앉았다. 나는 다른 일 때문에 어떤 것을 조사하는지도 몰랐고 우리 조원 나머지들은 아무도 조사를 해오지 않아서 선생님에게 혼나고 있었다.

선생님께서는 핸드폰을 사용하지 말고 스스로 자료를 찾아서 하라고 하셔서 나는 교과서를 펼쳐 적을 거리를 찾던 중에 우리 조원 중 한 명이 핸드폰으로 자료 검색을 해 종이에 적고 있는 것을 봤다. 그 친구는 곧바로 선생님에게 들켰고 나는 그 친구가 적었던 종이를 보니 한 줄도 제대로 못 쓴 채로 적혀 있는 걸 봤다. 나는 그것을 지우고 아까 내가 찾아놨던 교과서에 있는 내용을 적기 시작했다. 적으면서 보니 갑자기 그 애가 계속 엎드려서 토라져 있었다. 별 관심 없어서 나는 계속 적을 거나 열심히 적고 있었는데, 선생님께서 다가와서 그 아이에게 왜 엎드려 있느냐고 물었고 그 옆에 있던 애가 내가 그 친구가 썼던 것을 지워버려 삐쳐 있었던 것이라 했다. 그걸 듣자마자 어처구니가 없었다.

'뭐 그런 걸로 삐치는 거지? 사내새끼가……'

이런 생각이 먼저 들었다. 선생님은 묻지도 않고 지웠냐고 물으시기에 나는 선생님이 핸드폰을 쓰지 말라고 하셔서 핸드폰으로 얻어낸 정보는 적으면 안 된다고 생각했고 어차피 제대로 쓴 것도 아니며 이어 쓸 내용도 없기 때문에 지웠다고 말하고 싶었지만 그 후에 일이 짜증 날 거 같아 그냥 죄송하다고 말했다.

그러던 중에 엎드린 남자애 옆에 애가 "그래도 그걸 묻지도 않고 지우냐."라며 중얼거리기에 순간적으로 짜증이 올라왔다. 그렇게 잘할 거면 처음부터 조사를 해오지 그랬냐라는 말이 머릿속에서 맴돌았다. 앞으로 이 조원으로 계속 조별 과제를 할 생각을 하니 스트레스가 치솟고 조별 과제를 내서 사람과의 불신을 빚게 한 선생님이 원망스러웠다. 지금 생각해 보면 그 남자애 머리채라도 잡아서 빡빡이로 만들어버리고 할 말 다했어야 했는데, 앞으로 이 짓거리를 더 해야

한다니 답답하다. 조별 과제는 사람과의 불신과 갈등을 빚어내는 사회의 악이
다.

– 유경

2014년 11월 22일 토요일

항상 생각하는 거지만
학교 가기 싫다
그래도 가야지
내가 숨 쉬는 게 귀찮다고
안 쉬는 건 아닌 것처럼

- 유경

2014년 11월 24일 월요일

오늘은 비가 온다.

머리도 축축하고, 교실도 축축하다.

집에 일찍 가고 싶었지만, 친구가 숙제를 덜해서 남아야 했다. 먼저 가도 되지만 친구와의 의리를 지키고자 현재 저녁 7시 5분까지 남아 혼자 놀고 있다. 아주 그냥 지겨워 죽겠다. 언제쯤 집에 갈 수 있는지는 모른다.

옆에서 친구는 열정적으로 숙제를 하고 있고, 시간은 더 열정적인 속도로 계속 흘러간다. 밖이 어두컴컴해진 걸 불안하게 바라보며 친구에게는 들리지 않을 말을 속으로 중얼거려 본다.

'나한테 진짜 고마워하길 바란다. 친구야.'

— 경희

2014년 11월 24일 월요일

비가 오는 오늘도 어느 때와 다름없이 엄마와 날씨와 관련된 유치한 실랑이를 벌이고 있었다. 승자는 생떼를 쓴 나. 아마도 나(?). 내일 비가 그친다는 일기예보를 보고 엄마는 기뻐했다.

'그렇구나. 씻고 잘 준비하자.'

화장실로 들어갔다. 양치를 끝낼 때쯤 어제부터 쌓인 빨랫감이 보였다.

'엄마는 왜 빨래를 미리미리 안 한 거야?'

널브러진 옷들을 보니 짜증이 났다. 순간 내일 비가 그친다는 소식을 듣고 기뻐하던 엄마 생각이 났다.

'아…… 내 생각이 짧았구나.'

내일은 비가 그쳐, 햇살 가득 받으며 뽀송뽀송한 빨래들을 보며 엄마가 즐거워하셨으면 좋겠다.

엄마 고마워요.

– 보리

2014년 11월 26일 수요일

아침에 친구 집 앞 횡단보도에서 길을 건너다가 앞에 있는 보도블록 턱을 보지 못하고 쿠당탕 넘어져버렸다. 발목을 접질러서 너무 아파 죽겠는 와중에 옆에 있는 학생들이랑 아저씨가 쳐다보고 있어서 너무 부끄러웠다. 설상가상 옆으로 차가 오고 있어서 나는 아픈 다리를 질질 끌며 횡단보도를 건넜다. 도저히 서 있을 상황이 아니라 서 바닥에 철퍼덕 앉아 있었다. 지나가던 사람들이 한 번씩 나를 쳐다보고 지나가도 나는 어쩔 수 없었다. 점점 발목은 더 아파지고 머리도 어질어질한 게 제정신이 아니었다. 왼쪽 귀도 멍멍해지면서 소리가 안 들리길래 친구한테 전화해서 지금 상황을 말해 줬다. 곧 내 앞으로 차 한 대가 다가오더니 빵! 빵! 소리를 냈고 고개를 들어보니 친구 아버님과 친구였다. 차를 타고 학교에 도착해서 학교가 마칠 때까지 너무 아파서 제대로 걷지도 못 했다. 버스를 타고 병원에서 검사를 받으니 발목 인대가 늘어났다고 의사선생님이 말씀해 주셨다. 약 값을 내고 물리치료를 받으니 전보다는 좋아진 듯했다. 평범한 아침에 학교를 가려다가 이게 무슨 일이야.

- 수연

동아리 책 제작의 길고 긴 작업이 거의 끝나간다. 저녁까지 남아서 디자인과 제본 작업을 후배 녀석과 함께 하고 있는데 너무 어지럽다.

선생님께서 짜장면을 시켜 주셨는데 입맛이 별로 없다. 전자파 중독일까? 분명 좀 전에는 배가 고파서 곱빼기요! 하며 소리쳐가면서 주문했건만……

선생님께선 남기는 건 용납이 안 된다하신다.

윽!

꾸역꾸역 먹으면서도,

내가 공부하고 있는 포토샵을 적용해서 동아리 책 표지를 만들고, 목차, 속표지를 모두 만들 수 있다는 데 넘 신이 난다. 공부한 것을 첫 적용해서 만들어내는 나의 첫 작품이다. 무한 마우스질로 이어지는 노가다 과정에 약간의 센스가 절묘하게 어우러져 탄생하는 나의 작품이다.

힘들다고 하면서도 손 댈 때마다 조금씩 더 나아지는 작품을 보면서 손을 못 떼고 있다.

책쓰기 동아리에서 학년도 다르고 유일하게 혼자 남자라서 동아리 후배들과 쉽게 친해지기 어려웠는데, 디자인 작업을 하면서 그림을 맡은 유경이랑 같이 작업하면서 허심탄회한 이야기도 나누면서 공동 작업의 즐거움을 느낀다.

매일매일 묘쌤의 다크 서클이 점점 아래로 내려와 입 주변까지 내려올수록 안타까운 마음이 들면서도 곧 책이 나올 시점임을 알려주는 것 같아서 속으로는 은근히 기대하게 된다.

곧 우리의 원고 편집도 마무리 된다 하니, 완성될 우리 책이 기다려진다.

- 정훈

효은이의 하루, 잠시 멈춤

●

오늘도 여느 때처럼 책쓰기 동아리 후배들에게 내가 글을 쓰며 필요했던 것, 느꼈던 기분을 가르쳐주며 조금이나마 도움이 되기 위해 책쓰기 멘토로 수업에 참석하였다. 하지만 오늘 선생님께서 주신 과제는 많이 색달랐다. 과제명은 학교 안 어디든 누워 10분 이상 하늘을 보는 것이었다. 맨 처음엔 이상하다 생각했지만 김묘연 선생님께서 이런 과제를 주신 데에는 이유가 있겠지 하며 그 이유를 꼭 찾을 것이라 다짐하였다.

그렇게 내가 맡은 동아리 조원인 재연이, 민지, 수민이를 데리고 하늘을 보러 갔다. 먼저 선생님께 제출할 사진들을 미리 다 찍고 벤치에 누워 하늘을 바라보는데 2분 뒤에 선생님께서 이러한 과제를 낸 이유를 알 것 같았다. 햇볕이 내리쬐어 눈을 감고 촉각, 후각, 청각에 온 신경을 썼다. 그러니깐 곧 지저귀는 새소리, 풀 냄새, 바람 느낌 등 하나하나 모든 것이 나를 기분 좋게 해주었다.

고등학교 3학년이라 미래 걱정, 진학 걱정 등 걱정들이 너무 많았는데 누워 있는 동안에는 걱정도 근심도 다 사라지는 기분이었다. 그리고 든 생각이 나는 이렇게 가까이에서 행복을 찾을 수 있었는데 왜 지금까지 이런 행복을 놓치고 있었을까? 라는 생각과 지금이라도 이런 기분을 느낄 수 있어서 정말 다행이라는 생각을 하였다. 앞으로 바쁘다고 제대로 느끼고 보고 듣지 못 했던 자연을 종종 느끼며 지내고 싶다.

재연이의 하루, 잠시 멈춤

●

동아리 시간에 선생님이 하늘을 쳐다보는 포즈를 하고 누워서 사진도 찍고 바깥에서 시간을 보내고 오라고 하셨다. 처음엔 사실 사진 찍는 게 좀 쑥스럽고 부끄러웠다. 그래도 찍어보자는 생각을 가지고 쑥스러움을 지우고 찍기 시작하니 재미있었다.

그렇게 사진을 찍고 우리 조는 날씨도 좋은 데 자리를 잡아서 낮잠을 자기로 했다. 벤치에 누워서 하늘을 보면서 이런저런 생각들을 하다가 잠이 들었다. 이렇게 하늘을 아무것도 하지 않은 채로 누워서 바라만 본 게 언젠지 기억이 안 날 정도로 내가 바쁘고 삭막하게 살았나 싶기도 했고 가을 하늘이라 그런지 참 하늘이 맑다, 이렇게 맑고 깨끗한 하늘을 나처럼 이렇게 바라보기만 하는 사람이 몇이나 될까 싶어서 조금은 슬프기도 했다.

내가 항상 바쁘게 하늘 볼 시간도 없이 살아가도 하늘은 항상 천천히 조용히 이렇게 예쁘게 있는데 나만 너무 성급하게 행동하고 바쁘게 살아온 것 같기도 하고…….

나도 이제 가끔은 고개도 들어보고 하늘도 보면서 오늘처럼 여유롭게 살아야 겠다는 생각이 드는 하루였다.

수민이의 하루, 잠시 멈춤

●

어떤 날의 동아리 시간에 사진 찍기 활동을 하였다. 손에 핸드폰을 들고 사진을 찍으러 밖에 모둠끼리 나갔었다.

따스한 햇살이 비치는 운동장으로 가니 축구부의 활동을 열심히 하는 아이들이 보였다. 인공잔디에 누워 사진을 찍으려 해도 날아오는 공에 맞을까 봐 무서워서 찍질 못하고 다른 장소로 이동하였다.

그리고 이동하면서 몰래 같은 조 선배와 후배를 찍었는데, 그 둘이 이야기하는 것은 동영상으로 찍었고, '자음' 형태로 서고 앉아 있는 둘을 찍는 것이 재미있었다. 그리고 이동한 장소에서 다른 선배에게 사진촬영을 부탁해서 찍었다.

하늘 사진이나 하늘을 보는 것은 내가 매일 하는 일인데, 거의 대부분 기분이 우울하거나 고민이 있을 때면 하늘을 보는 습관을 가지고 있다. 그런 습관이 있기에 익숙하지만, 보는 것을 찍히는 것은 너무 어색하였다. 히히!

세은이의 하루, 잠시 멈춤

●

익숙하지만 오랜만인 책 쓰기 동아리 시간

조용하고 좋은 자리를 찾아 동아리 팀 나경이, 유진이, 지혜와 사진을 찍으러 다니다 오늘의 임무를 수행하기 위해 타임 머리를 20분 해놓고 누웠다. 하늘을 봤는데 나무가 있어서 시야를 가렸다. 차갑지만 땅바닥에 신문지를 대충 깔아 다시 하늘을 보며 생각을 했다.

왜 하늘을 가만히 보라고 하셨는지에 대해 곰곰이 생각하다 그냥 하늘을 봤다 자유롭게 나는 새 구름 한 점 없는 하늘 나를 눈부시게 한 햇빛, 떨어지는 잎들, 앞으로 뭘 하고 살지, 친구들 생각, 가족 생각, 살은 어떻게 뺄까라는 생각을 했다. 하늘을 보며 그러다 다시 하늘의 경치에 푹 빠져 잡생각이 사라지다가 또 잡생각이 들다가를 반복했다.

하늘을 보면서 나는 참 생각이 많은 아이라는 걸 느꼈다. 하늘이라는 도화지에 내가 떠올리는 많은 것들을 마음껏 펼칠 수 있어서 좋았다. 주변 사람들에게 이 하늘처럼 포용적인 사람이 되자는 맑고 건전한 생각을 하게 된 어떤 하루였다.

유경이의 하루, 잠시 멈춤

●

하늘을 보기 적당한 장소를 찾으며 이곳저곳 눕고 일어서며 쾌적한 곳을 찾아 다니다가 햇빛도 가리고 눕기에도 좋은 벤치를 찾아 그 자리에 신문지를 깔고 누웠다. 누우면 바로 노숙자처럼 보일 것 같았지만, 막상 누우니 뭔가 편안함이 느껴졌다.

누운 상태로 하늘을 보니 구름 한 점 없는 푸른 하늘이 벤치 옆 나무에 가려져 보였다. 하늘에 구름이라곤 하나도 없어 하늘이라기보다는 그냥 하늘색으로 모두 채운 도화지처럼 보였다. 가만히 하늘을 보다가 갑자기 우주는 어두컴컴할 텐데 어째서 하늘은 왜 밝은지 태양으로 밝아진 거면 어째서 하늘색으로 밝은지 이런저런 생각이 잠시 들었다가 갑자기 여러 마리의 새들이 하늘을 날아다니는 것을 보자 새들은 지구 밖으로도 날 수 있는지 그런 의문이 들었다가 저 새들이 하늘을 높게 날다가 똥을 싸면 내가 맞을 수도 있는 확률은 얼마나 될지 궁금해졌다. 그런 사이에 새들을 지나가버리고 나는 아무 생각 없이 하늘을 보다가 잠들어버렸다.

수연이의 하루, 잠시 멈춤

●

　그날 누워서 본 하늘은 구름 한 점 없는 파란색이었다. 흔적 하나 없이 깨끗한 파란색, 하늘을 바라보고 있자니 그 하늘처럼 내 마음도 깨끗해지는 것?같았다.

　그리고 일시 정지 버튼을 누른 듯, 누가 누가 더 빠르나 경쟁하는 일상 속에서?잠시 멈추는 기분이었다. 완전히 누워서 바라보는 하늘은 와! 예쁘다 하며 잠시 올려다보는?하늘과는 다른 새로운 느낌이었다. 따뜻한 햇볕을 받으며 누워 있으니 파란 하늘처럼 내 머리도 아무 생각 없이 파래졌다.

　그 파란 하늘은 구름 한 점 없이 깨끗했지만 그런 하늘이 왠지 쓸쓸해 보였다. 하늘을 향해 손가락을 붓으로 삼아 치켜들고, 하늘에 구름을 그려 넣어서 친구들을 만들어 주고 싶었다.

세희의 하루, 잠시 멈춤

●

　잠시 학교 안 여기저기를 돌아다니다 과제를 위해 자리를 잡고 누워서 눈 앞에 펼쳐진 하늘을 올려다보았다.

　하늘을 얼마나 봤을까? 문득 나의 인생이 부조리하게 느껴졌다. 하루하루가 엄마에 대한 걱정으로 편할 날이 없는 지금의 나인데, 하늘은 이런 나를 위로해 주려는 것인지, 아님 내가 처한 상황을 비웃기라도 하려는 건지 모를 정도로 맑고 깨끗한 푸른색을 양껏 뽐내고 있었다.

　이젠 푸른 하늘을 보고 있어도 맘이 편하지 않다. 왠지 허망하다. 더 이상 이런 나날 따윈 못 견디겠다.

　조금씩 울적해진다.

유진이의 하루, 잠시 멈춤

●

　단상 같은 것에 누워서 하늘을 봤다.

　그런데 하늘이 너무 눈부셔서 제대로 눈을 뜨고 볼 수가 없었다. 안 그래도 눈이 약한 편이라 괴로웠다. 어쩔 수 없이 제대로 보지는 못하고 눈을 감았다. 눈으로는 보지 못하지만 소리로라도 보려고 귀에다가 내 시각을 집중시켰다.

　눈을 감고 소리로 보고 있으니 하늘이 색다르게 그려졌다.

　나뭇잎 스치는 소리가 파도소리처럼 들렸다. 바람이 제법 불어 쌀쌀했는데, 그 온도가 하늘의 온도라고 생각했다. 내가 눈으로 약간 보고 나서 소리로 본 하늘은 상쾌하고 맑았다. 하늘을 꼭 눈으로만 볼 필요는 없다는 느낌이 많이 들었다. 눈을 감고 본 하늘도 내가 생각을 덜 하게끔 도와주었다.

　앞으로도 하늘을 자주 보고 들어야겠다.

평은이의 하루, 잠시 멈춤

●

맨날 보는 하늘을 왜, 하늘만 쳐다보라는 과제를 주신 건지 묘쌤의 의도가 의 아했다. 아무튼 일단 밖으로 나갔다. 그리고 여기저기 누울 곳을 찾아다니며 계속 하늘을 쳐다봤다.

정말 구름도 별로 없고 만화 속에 나오는 그런 파란 색깔이었다. 햇볕도 따뜻 했고, 바람도 어느 정도 불어서 기분이 너무 좋아졌다. 이제 본격적으로 누워서 하늘을 보았다.

그런데 뭔가 서글펐다. 하늘은 저렇게 파랗고 아무 일도 없고 걱정 같은 건 없 어 보이는데 우리는 누구나 걱정거리 하나씩을 가지고 살아야 해서 서글퍼졌다.

한편으로는 하늘을 봐서 마음이 편해졌다. 생각해 보면 내가 걱정하는 것 중 에 반은 거의 쓸데없는 거다. 이제 그런 걱정들은 안 하려고 노력해야겠다.

하늘을 보니 평소에 생각하지도 못한 것들이 많이 생각나는 어떤 하루였다.

경은이의 하루, 잠시 멈춤

●

구름 한 점 없는 맑은 날.

아쉬운 점이라면 오늘이 걱정이 가장 많은 날이라는 점(?)

공무원 채용 시험 결과를 하루 앞둔 오늘 구름 한 점 없지만 많은 그림이 생생하게 그려졌다. 너무 기뻐 말이 안 나오는 내 얼굴, 부모님께 배시시 웃으며 결과를 말해 주는 내 모습.

또 다른 그림은, 그래 내려놓자 괜찮아 경은아!

누가 뭐라 그래도 넌 열심히 했어 후회 없이 했어 잘했어!

결과 신경 쓰지 말자. 신경 쓰지 말자. 내려 놓자. 좋게 생각하자.

하루 종일 뒤숭숭했던 오늘 너무 높아서 끝이 안 보이는 하늘을 바라보며 나른한 봄날처럼 여유롭게 해준 잠깐의 하루가 나의 온 하루를 따뜻하게 했다.

보리의 하루, 잠시 멈춤

●

학교를 돌아다니다 그네를 하나 발견했다. 언제 마지막으로 그네를 탔는지 기억이 나지 않지만, 분명한 건 그네 타는 것을 무서워했지만 참 좋아했다는 것. 다시 그네를 탔다. 올라갔다 다시 내려오는 상황이 열아홉에도 여전히 무섭다.

이제 누워 하늘을 보자.

하늘을 봤지만 생각나는 것은 온통 그네이다. 하늘에 그네 하나가 올랐다 내렸다한다.

우리는
그네처럼 살자.
그네처럼 함께 하자.
오르막 내리막 다 함께하자.
거센 바람이 오면 서로 뒤엉켜 서로를 안아주자.

그네처럼 살자.

민지의 하루, 잠시 멈춤

●

　가만히 하늘을 바라보고 있으니까 신기했다.

　어렸을 적 그림을 그릴 때면 항상 구름을 파란색으로 칠해서 하늘이 흰색이고 구름이 파란색인 줄 알았는데 그 반대였다. 원래 알고 있었던 사실이었지만 새삼 느끼니 뭔가 새로웠다.

　그리고 마음이 편해졌다. 머릿속엔 수많은 고민도 있었고 마음속엔 수많은 감정이 일었지만 깨끗한 하늘을 보고 있으니까 깨끗해지는 느낌이었고 내가 처한 상황과 또 현실과 멀어지는 기분이었다.

　하지만 조금은 무서웠다.

　내 머릿속이 깨끗해질 때 수많은 사람들이 태어나고 고통에 시달리고 죽기를 반복하고 있다는 것이 참 아이러니하다는 생각을 하면서……

경희의 하루, 잠시 멈춤

●

　20분 동안이나 누워서 하늘을 보면 굉장히 지루할 거라 생각했는데 그런 생각이 든 게 무색해지게 하늘에 포옥 빠져들었다.

　오늘 하늘은 굉장히 예뻤다.

　햇빛도 안 들고 그늘진 곳에 누워서 하늘을 봤는데 구름 한 점 없는 파란 하늘이었다. 남이 보면 저게 예쁘냐 하겠지만 내 눈에는 되게 예뻐 보였다. 항상 구름으로 가득 찬 하늘을 보며 와! 진짜 예쁘다. 그림 같다. 그랬지 돌이켜 생각해보면 구름 없는 파랗기만 한 하늘은 목을 들어 보려고 하지 않았던 것 같다. 괜히 내 기분을 우중충하게 만들기 때문에.

　하지만 그날 아주 조용한 공간에서 간간이 새소리, 바람소리만 들리고 마냥 누워서 하늘을 바라보니 걱정과 고민, 쓸데없는 잡생각들까지 생각나지 않았다. 눈을 감고 있어도 그 기분은 그대로였다. 오늘 하늘을 보는 시간만큼은 나에게 큰 휴식이 되었다. 굉장히 색다르고 힐링이 된 활동이었다.

　하늘, 좀 보고 살아야겠다.

정훈이의 하루, 잠시 멈춤

●

　이번 책쓰기동아리 시간의 숙제는 학교를 나가 밖에 엎드려 하늘을 바라보는
것이다.

　학교 텃밭을 지나 학습관 옥상에 올라가 하늘을 보고 엎드려봤다 옷이 더러워
지건 말건 상관 안 한다. 아니 그런 거에 신경쓸 겨를도 없다. 지금 나는 내가 원
하는 대학에 전부 떨어져 마음이 매우 심란한 상태거든 '하하…….'

　조금 쌀쌀한 가을 바람을 맞으며 더럽게 푸른 하늘을 보고 있자니 가슴이 매
여왔다. 내가 여기서 왜 이러고 있는 걸까? 난 도대체 무엇 때문에 살고 있는 걸
까? 다른 친구들은 원하는 대학에 붙어 어디를 갈지 웃고 떠들며 고민하고 있는
데 난 지금 군대를 갈지 자살을 할지 고민하고 있다니 내가 생각해도 너무 한심
한 것 같다. 지난 1년 동안 대학을 가기 위해 시민기자단이며 봉사단 이며 교내
신문동아리 등등 쉴틈 없이 뛰어다녔는데..밤늦게까지 수시 최저등급을 맞추기
위해 생전 처음 펼쳐보는 수능문제집을 붙잡고 새벽까지 공부도 했는데 이제는
전부 물거품이 되어버린 걸까? 하늘은 이렇게 넓고 성경책을 보면 하나님은 완
전 대단한 분이시라는데 나 같은 놈 대학도 하나 제대로 못 붙여주시는 걸까?

　가슴 속으로 소리를 질러봤다. '하나님 저 이제 어떡할까요? 대학 전부 떨어
졌습니다!!'

　역시나 시크한 분이라 그런지 대답이 없으시다.

　'하늘 정말 더럽게 파랗네.'

　중학교 1학년 때까지 나는 꿈이 없었다. 하고 싶은 것도 없었고 뭘 해야 할지
도 몰랐다. 그러다

　중2 여름방학 때 집에서 성경책을 읽다가 하나님을 믿게 되었다. 그리고 꿈이
생겼다.

'하나님!! 저 나중에 크면 전세계를 돌아다니며 선교를 할 거예요!!'

'아프리카, 팔레스타인, 이스라엘, 이집트 등 예수님을 모르고 사는 사람들에게 예수님이 얼마나 쿨한 분인지 알려줄 거예요.'

난 꿈만 생기면 하나님이 전부 이뤄주실 줄 알았다 미국식 영어가 입에서 술술 나오고 공부를 하기만하면 전교 1등을 할 줄 알았고 노래도 엄청 잘 불러지는 줄 알았다. 그리고 다윗처럼 용감하게 안 돼요! 라고 말하며 세상과 등을 돌리고 살 줄 알았다. 그렇지만 웬걸……. 나는 여전히 how are you?라고 물으면 fine thank you and you?라고 대답만 할 뿐이었고 성적 또한 어중간한 자리에서 쭉 제자리걸음을 하는 중이다.

그렇게 나는 '하나님이 정말 계시는 걸까? 혹시 내가 성경책을 읽던 그때 대뇌가 잠깐 이상이 생겨 감정장애가와 하나님이 있다고 믿는 착각에 빠진 건 아닐까?'

하는 의구심을 가지고 고등학교에 입학하였다. 대구자연과학고 바이오식품학과에 입학을 하였는데 정말 별생각 없이 고등학교 과목에 요리과목이 있는 게 신기해서 진학했다.

별생각 없이 고등학교에서 시간을 보내고 있을 무렵 차갑게 식었던 가슴이 고2 여름방학 한선교사님의 이야기를 듣고 다시 뛰기 시작했다.

'하나님에게는 여러분이 과연 필요할까요? 아니면 여러분에게 하나님이 필요할까요? 저를 포함해 여러분은 하나님에게 아무 필요도 없는 오히려 있으면 유해할 존재들입니다 그런데 하나님께서는 인간이 죄에 빠져 지옥에 가는 걸 차마 볼 수 없어 인간의 모습으로 내려와 십자가의 길을 가셨습니다. 여러분의 부모님은 여러분에게 어떠한 대가를 바라고 여러분을 키우셨나요? 하나님은 여러분을 대가없이 사랑하셨습니다. 그런데 여러분은 어떻습니까?'

'아! 하나님 저를 서울에 있는 유명한 대학에 보내주세요! 그러면 하나님에게 영광 돌리는 삶을 살겠습니다,'

'하나님 제가 의사가 되게 해주세요. 그러면 의료선교도 나가고 봉사도 많이 하겠습니다! '

'아!! 하나님 제가 유명한 대기업을 만들고 싶습니다. 제발 허락해 주세요. 그러면 헌금도 많이 하고 하나님 믿은 덕분에 성공했다고 강연도 하러 다니겠습니다.'

'그런데 여러분 솔직히 말해 보세요? 정말 그게 하나님을 위한 삶입니까? 아니면 여러분 자신을 위한 삶입니까? 아니면 그저 자신의 인생을 좀더 편하게 살자고 하나님을 하나의 요술지팡이 정도의 도구로 취급하신 겁니까? '

하나님은 여러분이 서울대학을 가던 도쿄대학을 가던 싱가폴 국립대학을 가던 UC를 가던 MIT를 가던 예일대학을 가던 아무 관심이 없으십니다. 정말 아무런 관심도 없으세요!!

그럼 하나님은 어떤 사람을 찾으실까요?

성경을 보면 하나님이 찾으시는 한 사람이 있다고 합니다.

바로 그 한 사람은 신령과 진정으로 예배를 드리는 예배자입니다.

여러분 하나님은 신령과 진정으로 예배를 드리는 예배자를 찾고 있다고요!!!

주님이 찾으시는 한사람은 자신의 신분 세상이 정해놓은 그 기준과 잣대에 굴하지 않고 오직 하나님만 바라보며 그 좁은 길 그 생명의 길을 걸어가는 자신이 가진 최고의 가치를 하나님 앞에 당당히 내려놓은 그 한 사람의 예배자입니다.

하나님은 여러분이 성공하지 않았다고 절대 질책하지 않습니다. 그저 여러분이 난 실패한 인생이라는 온갖 망상에 빠져 절망하는 것뿐이지요.

하나님은 오늘을 하루하루를 하나님을 위해 최선을 다해 살아가는 그 모습을 보시고 영광을 받으시는 분입니다.

고등학교 2학년 여름 방학 이 전도사님의 설교를 듣고 내 죽어있던 마음이 다시 타오르기 시작했다.

그날 밤 내가 뭘 잘할 수 있을지 어떻게 하면 세상을 향해 선교를 할 수 있을지 고민하다 영상학을 알게 되었고 내가 목표로 한 대학이 생겼다. 그날부터 난 정말 잠도 제대로 자지 않고 수능공부와 대회활동 교내활동들을 미친 듯이 하였다. 어떤 날은 정말 잠을 자면서 학교까지 걸어간 적도 있다.

그리고 대망의 대학수시 면접날 컨디션도 최고였고 자신감도 넘쳤다 5분 동안 면접을 봤는데 내가 가진 배경지식을 총동원해서 자신있게 대답을 했다. 당연히 합격할 줄 알았는데 한 곳은 후보 2번 한 곳은 후보 18번이 되었다. 하하….?

　그리고 지금 하늘을 보며 누워 있는 중이다 그렇지만 그렇게 마음이 무거운 것만은 아니다. 오히려 조금 후련한 기분이랄까? 이 과정을 통해 내가 얼마나 자만했는지 알게 되었고 곰곰이 생각해 보니 내가 지금부터 뭘 해야 하는지도 조금씩 보이기 시작했다. 그럼 지금부터 할 일은 내가 가진 최고의 가치를 당당히 내려놓을 수 있는 용기만 있으면 되겠지?

대자고 곳곳의 하루하루

우리가 걸었던 3년

"길치에게 참 힘겨웠던 10만 평"
"대자고에서 펼치는 우리들의 향연"
"소통의 공간, 힐링 명소"
"이젠 내 손 안에 있다. 사랑한다. 대자고"

대구자연과학고등학교 평면도

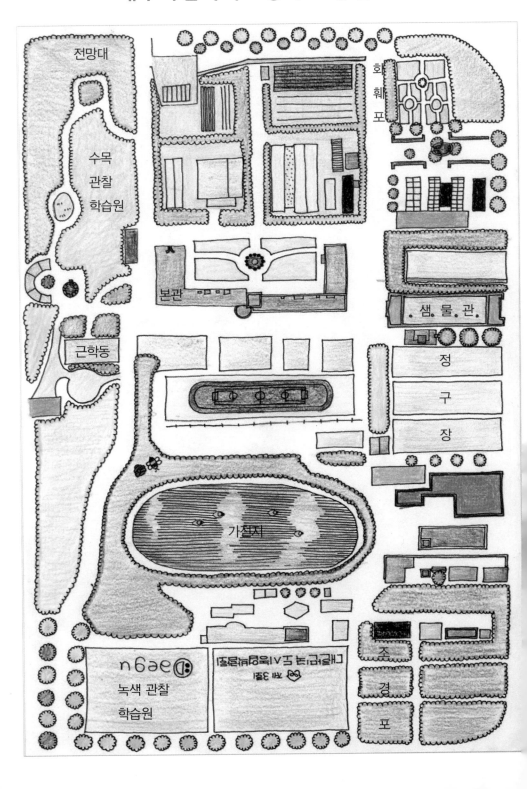

동녘에 해는 솟아 아침이루고,

길치에게 참 힘겨웠던 10만 평
우리가 걸었던 3년, 시작합니다.

모든 학생에게 주어진 60 cm x 40 cm

우리에게 주어진 10만 평,

이곳에서 우리의 '꿈'을 찾다.

사람은 책을 만들고, 책은 사람을 만든다.
우리를 3년간 만든 책들.
그리고

우리가 만든 책, 포토에세이『동감』을
도서실 서가에 꽂았다.

아!
아!

자
연
과
학
고

우
리
의

모
교!

대자고의 비밀 장미화원,
화원에는 색색의 크고 작은
여러 종류의 장미꽃들이
우리의 비밀처럼이나
다양하게 꽃피고, 시들고,
다시 피곤 한다.

장미는 색깔마다
꽃말이 다르다고 하는데
꽃말을 알고 꽃을 보면
새롭게 보이는 '너'가 된다.

4계절 내내 꽃과 나무 속에 둘러싸여
다닐 수 있는 곳, 대자고~

매년 이맘 때 고민이 있든,
기분 좋은 날이든
장미화원을 한 번 걸어보길……

그 길을 걸으며,
이제 그 꽃들처럼 나만의 향으로,
다른 사람들을 취하게 하고 싶다.

pm12:30, 긴장되는 순간
우당탕쿵쾅후다닥!@#$%^&*()_+
매일매일 줄지 않는 급식 줄!!!

"오늘 뭐 나온대?"

이 땅의 으뜸자랑
우리 배움터

'설계

마음이 흐트러졌을 때
그리는 선과 도형도
뜻대로 되지 않는
내 마음의 종이 한 장

'레터링'

설계도에 쓰는 고딕체
쓰기는 힘들어도
완성 후의 뿌듯함
힘든 일 끝에 오는
인생의 보람과도 같다.

눈앞에
돌아드는
태백의 줄기

텃밭 경작 과정

1. 돌 고르기 및 이물질 제거 (3, 4월)

2. 퇴비 살포 (4월)

3. 정지 작업 (4월, 5월)

4. 이랑, 고랑 만들기 (5월)

5. 멀칭하기 (5월)

6. 작물 선정하기 (5월)

7. 파종하기 (5월, 6월)

8. 관리 및 수확 (5월~10월)

도시농업의 발전을 앞장서고 싶은 대구자연과학고 텃밭동아리 "교복 입은 농부들"이다.

농촌과 도시를 이어주는 도시농부의 꿈을 이루기 위해 학교 텃밭을 가꾸며, 실제 몸으로 느끼는 농업을 배우고 있다.

또 뜨거운 열정과 노력으로 뜨거운 뙤약볕에서도 즐겁게 작물을 재배할 수 있는 농심을 기르고 있다.

dns_hs_kr

dns_hs_kr 2012년 제 41년차 전국 FFK전진대회가 우리학교에서 열렸다.
FFK 한국영농친구들 자랑스럽다:-)

myoseam 힘들었지만 얻는 것이 더 많은 시간이었어

senhyelove 나의 학창시절에 잊지못할 추억이야

landscape_486 방학때도 개학후에도 10시까지 매일매일 힘들었어ㅜㅜ

jageuljageul 그래도 대자인들이 짱이지

그때가 너무 아쉬워 힘들었지만 다시 돌아가고 싶어

장할 손 흘러 넘는 생명의 원천

농기계를 다루는 일이라 투박하고 많이 힘들 줄 알았지만, 생각했던 것과 많이 달랐다.

오일링, 리테이닝 너트 등 작은 부품을 다루는 섬세한 작업이었다.

경운기, 트랙터, 이앙기를 정비하며

"언젠가 할아버지의 경운기도 고쳐드릴 수 있지 않을까?" 생각이 들었다.

95%가 처음 듣는 농기계 용어라 막막했지만, 기계과 친구들과 선생님의 도움을 받아 즐겁게 배웠다.

새로운 것들을 하나하나 배워가면서 쌓이는 지식이 즐거웠다. 그리고 〈농기계 정비 기능사〉 자격증 취득!

"이제 할아버지의 경운기를 고쳐드릴 수 있겠다."

우리의 인생길도 그네 타듯이,
오르막내리막 다 함께하자.

'판석포장'

판석 한 장 한 장
쌓아가며
모난 돌, 깎인 돌의 어우러짐을 본다.

'우리네 인간관계 같은⋯⋯.'

우리의 즐겨찾기는
'카페모카'

자주 찾는 우리만의
레 시 피

솟아오른 휘핑크림.
시럽 잔뜩.

이젠 말없이도
손발 척척

  커피 한 잔 들고 찾은
  녹색학습원 야외 수목들을 보면서……
        아– 달달하다!

소통의 공간, 힐링 명소

학교 텃밭 구경하시는 할아버지.
아메리카노 마시며 하하호호 수다 떠는 아주머니
넘어질 듯 말 듯 뛰노는 어린이들과 함께하는

대구자연과학고등학교입니다.

"높은 뜻 바른 길"

교훈을 마음에 담으니
나무, 깃발, 하늘 무엇 하나 높지 않은 것이 없고,
바르지 않은 것이 없네.

길치에게 참 힘겨웠던 10만평.
이젠 내 손안에 있다. 사랑한다. 대자고

내 생에 정말 값졌던 3년.

3년이라는 시간은 한 사람의 긴 인생에 비하면 짧은 시간이다. 하지만 나에게 대자고에서 3년은 내가 잘할 수 있는 것과 안개 속에서 좀처럼 보이지 않던 나의 꿈을 찾을 수 있었던 시간이었고, 무엇이든 도전하고 싶다는 생각을 하게 된 시간이었다. 고등학교 3년이 내 인생의 변화의 시간이었다.

길거리에서 자주 접하는 것인데도 지주목이 있었는지,
나뭇잎에 병이 걸렸는지 걸리지 않았는지,
관심이 없던 내가 수목(樹木)과 시설물을 보면서
'지주목 설치를 잘못 했네……'
'모과나무 열매가 지금쯤 열릴 때가 됐는데……'
하는 등 조경에 눈을 뜨게 되었다.
사람은 관심 분야에 제일 먼저 눈이 간다고 하는데
나에게도 그 분야가 생겼다는 것에 기뻤다.
그렇게 생태조경과에서 공부하면서 나에게 새로운 세계가 열렸다..

이젠,
대자고에서 배운 것들이
나에게 가장 자신 있게 뽐낼 수 있는 것이 되었다.

대자고 안에 늘 함께하는 청설모,
나뭇잎 하나하나도 나에게는 아름답고 소중하다. 나에게는.

나의 남은 인생을 조경에 대해서 더 넓은 시야를 가질 수 있도록의 길을 걷고 싶다.

3년간 그때 그 열정 잊지 말자.

- 생태조경과 3년 김경은.

내가 3년간 걸었던 이 학교,
대구자연과학고

농고라는 선입견으로 학교에 가기 싫었고, 싫었던 만큼 새로운 환경에 부적응으로 학교에 가기 싫었다. 땅이 큰 것도 싫었다. "땅만 큰 학교"라고 불렸기 때문이다.

전국 모든 학생들에게 주어진 책상의 크기는 60cm×80cm에 불과하다. 대부분의 학생들이 1m도 안 되는 공간에서 꿈을 찾아야 하지만, 이곳 대구자연과학고는 달랐다. 100년의 역사와 10만 평의 대지를 자랑하는 이곳에서 내 꿈을 찾았다.

농업에 대한 인식을 새로이 하니 '세상을 푸르게 만들 조경가'의 꿈을 찾을 수 있었다. 나는 그 꿈에 가까워지기 위해 한 걸음 한 걸음 다가가고 있다. 학교 재학생 중 누군가는 학교카페 자연애에서 자연을 위해 봉사하는 바리스타를 꿈꾸고, 또 누군가는 우리 학교 선생님들의 참된 가르침으로 농업교사를 꿈꾸고 있다. 그리고 또 다른 누군가는 도시와 농촌을 이어주는 도시농부의 꿈을 꾸고 있다. 3년이라는 시간이 흐른 지금, 내 꿈, 친구들의 "꿈의 출발지"인 이곳을 누구보다도 사랑하고, 자랑스럽다.

내가 만약 대구자연과학고 생태조경과 학생이 아니었더라면,

"화살나무, 배롱나무, 산딸나무, 너도밤나무, 큰꽃으아리, 생강나무, 쥐똥나무, 매화나무, 함박꽃나무, 히어리, 이팝나무, 마가목, 떡갈나무, 서향, 은수원사시나무, 주목, 자귀나무, 만리화, 매발톱나무, 공작단풍, 함박꽃나무, 목서, 참나

무류, 피라칸사, 버드나무류, 협죽도, 황칠나무, 꽝꽝나무, 쥐똥나무, 메타쉐쿼이어"

이렇게 멋진 친구들을 사귈 수 있었을까?
집 마당에 있었던 이름 모를 꽃이 피는 나무. 열매가 맺히는 나무.
그 나무는 매화나무였다.

이름 모를 나무들과 친해지면서 나의 세상은 더 푸르러졌다.
나의 고등생활은 "수목사랑"이다.

                                        – 생태조경과 3년, 김보리

글 · 사진 김경은 김보리 박효은

그림 서경화 사서 선생님

책쓰기 동아리의 하루하루

조롱새처럼 가늘고 여린 천사들.
역시 쓰나미 피해로 난민캠프에 산다.
아빠가 어부라 모두 가난하긴 매한가지
하지만 누가 스리랑카를 무시하랴. 천사들이 있는 한

봄날, 첫 만남, 사진 찍고 놀기

어…… 놀기만 하라더니, 발표라뇨? 당황……

낯설다, 넌 누구냐?, 서로를 알아가기 시간을 보내며……

용학 도서관을 찾아
책 분석도 하고……,
아! 날 좋다!

273

학생저자를 찾아 영남대학교에도 갔어요! 질문! 남자친구 있어요? ^ ^

2014. 6 .23.〈동감〉 책출판 기념회, 교육감님과 함께!

자글자글2기, 3기 후배들과 함께한 〈동감〉 출판 기념회

대구kbs 방송 촬영날, 더 예쁘게 V

촬영을 마치고…… 아무나 촬영하는 거 아니구나. 책쓰기가 더 쉽겠어요. ^^

요즘 어떤 책 읽나요? 서점 탐방, 곧 우리 책도 이곳에 꽂히길……

그냥, 쓰자, 음악 들으면서 쓰고, 또 쓰고……

글이 잘 안 써지는 날,
훌라훌라! 훌라우프도 돌리며
기분 전환, 앗싸! 상품권!

묘쌤의 도움도 받고!

먹고…… 먹고…… 또, 먹고…… 쓰는 것만큼 열심히 먹었다. 초고기념파티

삽화요? 그까이꺼! 쓱! 쓱! 그리면…… 에잇, 다시!

사서 선생님도 삽화 스케치, 도서실은 온통 책쓰기 분위기

아, 좌절…… 더는 못 쓰겠어요. 읽지 마세요.

책쓰기에 중독된 2기 선배들의 기운 담아 좌절 극뿍! 우리도 그랬어! 힘내!

경은, 세은, 효은, 보리, 후배들과 함께 다시 책쓰기

작가와의 만남, 다시 작가의 꿈을 키웁니다.

원고 수정, 또 수정, 짝궁과 검토, 팀별 검토, 멘토 검토, 묘쌤 검토……
이제 그만 보고 싶어요.ㅜㅜ

잠시 멈추고, 하늘을 봐! 지친 우리에게 묘쌤은 주문을 걸었죠.

책쓰기를 하면서 서로를 알아가고 가까워지는 사이, 그렇게 가을이 왔습니다.

가을볕만큼 익어가는 행복을 느낍니다.

책쓰기 멘토-멘티, 가을과 같이 더욱 여물어간다.

원고를 완성해 갈 즈음, 우리를 찍다, 추억한다.

"뛰자, 또, 뛰고 보자 !?"

"선배 왜 자꾸 뛰어요?"

"최강원고를 위하여!"

이렇게 책도 만들었으니, 책축제 준비도……　후룩후룩, 들이키며, 밤은 깊어간다.

책축제는 크리스마스 분위기로 준비! 책엽서도 준비!

"유경아, 예쁘게 그려줘! 캐리커쳐 담당 유경이에게 잘 보여야지!"
"보리, 경은 선배, 책 편집 잘 해주셔서 감사합니다."

표지부터 책 곳곳의 디자인을 맡은 정후니!

1년간 책쓰기 동아리인들의 족적들…… 발로 뛰어다니며 쓴 글들.
한 자 한 자에 우리의 삶이 담긴 글들,
세상에 나오다. 나도 나의 알을 깨고 거듭나다.

책쓰기 동아리, 그 1년을 돌아보며……

생물과학과 1학년 엄유진

1학기 초반, 동아리를 정하는 날이었다. 칠판에 붙어 있는 종이에 여러 동아리들이 쭉 나열되어 있었다. 나와 친구는 무조건 편한 것으로 하자며 동아리를 고르던 중에 '책쓰기반'이라는 동아리를 봤다. 나는 '어? 이건 무슨 동아리지? 그냥 책 읽는 동아리인가?' 정도로 생각하고 편할 것 같다는 결론을 내리고 도서실로 내려갔다. 하필 동아리실이 도서실이라서 완전 속아 넘어간 것이다.

책쓰기반에 들어간 처음에 한 수업들은 별로 어려울 것들이 없었다. 책쓰기와 관련된 영화나 책을 보고나서 감상문을 쓰거나 가끔 사진을 찍고 이야기를 나누는 그런 간단한 것들이었다. 1년 동안 계속 그렇게 하는 줄 알았는데 1학기 중반쯤 되고 나니, 우리가 진짜로 책을 만들어야 한다는 것을 깨달았다. 우리가 직접 글을 쓰고 수정을 하면서 말이다. 꼼수 부려서 편하게 놀려고 들어왔는데 오히려 더 피곤하게 되었다.

처음에는 주제를 정하는 것부터 고역이었다. 주제를 정하고 글을 끝까지 다 썼는데, 마음에 들지 않아 엎고 다시 주제를 설정하고, 다시 쓰고, 정말 정신적으로 피곤해지는 일이었다. 또 바꾼 주제로 계속 쓰면 될 것을 그것도 마음에 들지 않아서 처음에 주제로 돌아가서 다시 수정을 했다. 삽화가 있는 책을 만들기로 해서 그림도 그려야 하는데 미적미적 미루다 막판에야 겨우 그려서 스캔을 했던 적도 있다. 최종적인 수정에서는 정말 많은 부분을 고쳐냈다. 내 글에 이렇게 문제가 많았구나 싶기도 하며 안 봤으면 큰일 났겠네, 싶었다.

한번은 그냥 다 때려치우고 배 째라는 식으로 하지 말아버릴까 하는 생각도 들었지만, 선생님이 새벽까지 카톡을 받아주시고 여러 차례 확인해서 수정을 도와주시는 모습을 보니 그런 마음이 싹 가셨다. 선생님 책도 아닌데 이렇게 적극적으로 도와주시는 모습을 보니 도저히 양심 없이는 대충 끝낼 수가 없었다. 그래서 마음을 다잡고 선생님이 이끌어 주시는 대로 이끌려가며 점점 완성되어가는 글을 보니 마음에 안정감이 찾아왔다. 한번 마음이 편안해지고 나니 그 뒤로는 나의 글을 수정하는 것도 제법 즐겁게 느껴졌다.

마냥 작가가 되고 싶다고만 했는데 내가 직접 겪어보니 말처럼 쉬운 일이 절대 아니라는 것도 알게 되었다. 엉겁결에 책을 쓰게 되었지만 시작이 어찌됐든 여러 과정을 겪고 나니 아, 나도 뭔가를 할 수 있구나 하는 마음이 들었다. 후에 내가 또 나만의 책을 쓰는 날이 온다면 이때의 추억들이 많이 떠오를 것 같다. 그만큼 힘들었지만 귀중하고 나에게 많은 의미를 주는 날로 기억될 것이다.

우리는 멘토 아닌 친구

대구자연과학고등학교 3학년 생태조경과 김경은
- 포토에세이 『동감』(2014) 저자

'동감' 포토에세이를 불과 1년 전에 출판했는데 벌써 3기 후배들이 책을 낸다니…… 나 또한 1기 선배님과 김묘연 선생님의 도움으로 큰 어려움 없이 글을 쓸 수 있었기 때문에 후배들에게 무엇이라도 도움이 되고 싶었다.

후배들을 처음 만나러 가는 길, 괜스레 내가 다 떨렸다. '무슨 말을 해줄까? 무엇을 질문할까?' 하는 생각으로 후배들에게 발걸음을 옮겼다. 그런데 생각과는 달리 13명의 예쁜 친구들은 하나같이 입을 꾹 닫고 멍하게 앉아 있었다. 생각해보니 첫 만남인 만큼 쑥스러워하는 것은 당연하다고 생각했다.

나는 선배로서 먼저 다가가기로 마음을 먹고 먼저 속 얘기를 하고 자연스럽게 얘기를 할 수 있도록 유도했다. 그러자 시간이 지날수록 자신의 가족 얘기나 어려운 점을 말하기 시작했다. 글을 쓸 때 이 부분은 어떤지 주제는 괜찮은지 등을 웃으며 얘기해 주는 후배들이 너무나 고마웠다. 친구처럼 이야기를 들어주고 내 생각을 말해 주고 변화해가는 모습이 기분이 좋았다.

이번에 후배들이 준비하고 있는 책 주제가 '일상'인 만큼 각자의 일상을 이야기 나누며 많이 공감하면서 소통할 수 있었다. 사실 후배들의 글 쓰는 솜씨가 생각보다 뛰어났고, 일상을 섬세하게 관찰하고 표현하는 것을 보고 놀라웠다. 피드백을 한 번도 받지 않고 이 정도의 글이 나오다니…… 우리 후배들이 멋져 보였다. 그래도 더욱 완성도 높은 책을 만들기 위해 필요 없는 문장이나 글의 표현 방식 등을 내 생각대로 이야기해 주면서 후배들의 글도 변화하기 시작했다.

보리와 함께 편집 작업을 하면서 '작년에도 선생님과 선배님들이 우리를 위해 우리가 원고를 쓴 이상의 시간을 고민하며 도움을 주셨겠구나.' 하는 생각을 했다. '이 부분은 이게 좋겠다.' 하며 편집의 재미를 느꼈다. 내 책은 아니지만, 후배들이 만족하는 책을 출판했으면 좋겠다고 생각하며 편집을 했다. ?

부족한 선배지만 잘 따라 준 후배들이 매우 고맙고 기특하다. 내가 책을 쓰던 나이보다 어린 나이의 후배들이지만 그만큼 그들만의 고민이나 상황이 있다는 것을 느꼈다. 나 또한 후배들에게 배운 것들이 많았다.

책을 쓰는 것 말고도 여러 가지를 느끼고 나눈 나처럼 후배들은 그 이상의 것을 느꼈을 것이다. 후배들이 아쉬움이 없는 책을 출판할 것이라 믿는다.

고맙습니다. 사랑합니다. 멘토링

대구자연과학고등학교 3학년 생태조경과 김보리
- 포토에세이 『동감』(2014) 저자

고등학교 2학년 책쓰기 동아리 멘토 선배들(대학생)을 보면서 '나도 책쓰기 멘토가 될 수 있을까? 선배들 고맙고, 멋지다.' 라는 생각을 자주 했다. 1년이 지난 올해, 선생님이 우리에게 책쓰기 동아리 후배들을 위한 멘토링 활동을 맡겨 주셨다. 기대됐지만 나는 대학생도 아니고, 동아리 후배들과 많아 봤자 두 살밖에 차이 나지 않는 나이 터울이 걱정됐다.

'우리 멘토 선배들은 멋졌지만, 내가 후배들에게 좋은 멘토가 될 수 있을까?' 라는 이런저런 핑계에 부담이 앞섰다.

그렇게 부담감을 앞세워 동아리 후배들을 만났다. 몇 차례 서로를 소개하는 자리를 가진 적은 있지만, 멘토 역할로는 처음 만난 거라 괜히 혼자 어색해 했다. 2팀으로 나누어 처음으로 후배들의 초고를 읽었다. 내가 처음 글을 썼을 때의 불안했던 마음으로 돌아가 하나라도 더 알려주고 싶었다. '하…… 막막하다. 우리도 처음엔 이랬겠지?' 제일 먼저 해결해야 할 일은 맞춤법도, 문단 나누기도, 특별한 문장을 추가하는 것도 아닌 책쓰기의 소중함을 일깨워주는 것이었다. 그러기 위해서 먼저 내 이야기를 시작했다. 내가 작년 동아리를 하며 느꼈던 것, 아쉬웠던 것들을 말해주었다.

"책 쓰기는 글쓰기가 아니야. 내 마음을 진솔하게 담지 못하면 화려한 문장도 아무런 의미가 없다고 생각해."

몇 주가 지난 후 후배들의 원고를 다시 보았다. 어떻게든 진심을 담으려고 애쓰는 게 보였다. 또 작은 도움 하나하나까지 메모해서 다음 원고에 반영하는 후배들이 예뻤고 참 기특했다. 작년 멘토 선배들과 친구들에게 받은 첨삭 중엔 마음에 쏙 드는 부분도 있었지만, 내가 쓴 글의 의도와는 조금 엇갈린 평도 있었다. 그런 부분은 쉽사리 고치기 힘들었다. 어쩌면 나와 같이 첨삭에 대한 불만을 느낀 후배들도 있었을 텐데 작은 불평하지 않고 고맙다고 잘 따라주고 적극적으로 나의 의견을 받아주는 후배들을 보니 '내가 더 열심히 해야겠다.'는 다짐을 하게 되었다. 원고 수정 차수가 더해질수록 글이 좋아졌다.
누구나 한 번쯤 본 적 있는 고양이, 누구나 한 번쯤 타봤던 버스, 누구나 한 번쯤 고민했던 진로, 누구나 한 번쯤 먹어본 초콜릿, 누구나 한 번쯤 겪었던 이야기들이 모여 왠지 모르게 "괜찮아." 말해 주는 것 같았다.

유명작가도 아닌 후배들의 '고등학생의 사소한 일상'이 내 마음을 따끈따끈하게 데워주었다.
후배들의 글에서 진심어린 행복과 슬픔, 좌절을 느끼며 나는 또 한번 초심을 되새길 수 있었다.

사실 멘토링을 하기 전 나는 책쓰기 동아리를 하나의 방법으로 생각했을지도 모른다는 생각이 들었다. 나는 지난 1년 동안 '내 진심을 표현하는 방법, 나를 위로하고 응원하는 방법, 사람을 대하는 방법'을 배웠다고 자부했다. 하지만 그

것은 나만의 행복에 지나지 않았다. 나는 이번 멘토링 활동으로 "진심으로 누군가를 이해할 줄 아는 사람, 누군가를 위해 따뜻해질 수 있는 사람"이 무엇인지 배웠다.

이제 나는 후배들에게 좋은 멘토로 기억되지 않아도 좋다. 나는 후배들의 글에서 진심을 볼 수 있었고, 그 진심으로 자기 자신을 자연스레 치료하는 과정을 본 것은 이루 말할 수 없을 정도로 값지다.

1년 전 내가 정의했던 책쓰기는 '사랑하기, 치유하기, 마음 쓰기, 되돌아보기, 김보리쓰기'이다.

하지만 이제는 단지, "함께!"라고 말하고 싶다.

자글자글 책쓰기 3기 후배들이 각자 자신의 알을 깨고 "자신을 담은 글, 자연을 닮은 글"을 쓴 용기에 응원과 박수를 보낸다. 또한 후배들이 내가 책쓰기 동아리에서 느꼈던 것의 그 이상으로 많은 것을 느끼기를 바란다. 이런 기회를 주신 책쓰기 동아리 지도 선생님 묘쌤께 고개 숙여 감사드립니다.

체육복이 좋은
이유경

따뜻한 게 좋은
엄수연

토닥토닥
화장하고 싶은
이나경

부자가 되고 싶은
이경희

겉과 속이
물과 기름
상태인
배세히

포근한
엄마같은
장평은

평화와 행복을
추구하는
김재연

먹는 게
너무 좋은
박예지

하루종일
잠만 자고 싶은
박민지

멍 때리기
좋아하는
김수민

Strongfish 사장인
이정훈

엄~ 메이징한
엄유진

초코소녀
장지혜

자글자글 책쓰기 3기

293

친구 가톡카톡!

오타쿠 여친 대학?

점심시간

야동

성형   잔소리

왕따

스마트폰   남자친구

수행평가 ㅠ.ㅠ

학원

수능